暗狩之师

[日] 梦枕貘 著
曹逸冰 译

兰陵王

湖南文艺出版社

目录

CONTENTS

闇狩り師

あやかしのおに

怪士之鬼 · 001

恶鬼咬牙切齿，身体膨胀起来，像雾气一般融入夜色。

みずち

蛟 · 063

她闭上了眼睛，眼角渗出泪水，只觉得在场的所有人都是禽兽。

くだぎつね

管狐 · 105

落叶松的树干上，有一只被刀钉住的管狐。那正是他第一次抬脚踹人的同时射出的刀。

暗狩之师

らんりょうおう
兰陵王 · 161

面具不仅附身于少年,还唤醒了隐藏在他内心深处的黑暗兽性。

はくえんでん
白猿传 · 195

猴子明明是野兽,却对人生出了欲望。

ひょうし
镖师 · 247

他给人的印象是那样阴森诡谲,仿佛是从夜幕剪下的人形。

怪士之鬼

あやかしのおに

闇狩り師

恶鬼咬牙切齿，身体膨胀起来，像雾气一般融入夜色。

怪士

在《船弁庆》等能剧中使用的男面具,代表武将的怨灵。双眼嵌有金属边框,角膜缀以朱色。

——《国立古语辞典》

あやかしのおに
怪士之鬼

1

清风宜人。

夜晚的空气拨弄着脸颊，尽是落叶松的芳香。刚出梅[1]的空气仍饱含湿润。

七月——

落叶松的新绿浮现于车头灯的光芒中，已是一身夏日的装扮。

柏油路蜿蜒如蛇，在松林的黑暗中爬升。一辆车行驶在路上，发出声似野兽的咆哮。那是外形强悍的陆地巡洋舰[2]。四个驱动轮都有深深的纹路，咬住陡峭的山坡毫不费力。

方向盘打得分外精准，没有一点多余的动作。风透过敞开

---

[1] 黄梅天的开始日期称作"入梅"，终止日期称作"出梅"。——编者注（如无特殊说明，皆为译者注）
[2] 丰田陆地巡洋舰系列在21世纪初才改成音译的"兰德酷路泽"，考虑到本书的创作时间，使用了原来的叫法。

的车窗涌入，不停地撩动驾车男子的头发。

他的打扮很是随意，牛仔裤配短袖棉薄衫，仅此而已。看起来三十出头，面无表情地盯着前方。塌鼻子，厚嘴唇，实在称不上英俊，却并非魅力全无。那张平平淡淡、乍看不好伺候的脸有某种神奇的吸引力，让人好奇他笑起来会是什么模样。

海拔已相当可观。

从山中湖的湖畔公路拐进来，一眨眼的工夫，陆地巡洋舰便已爬升至高处。

风渐冷。

虽说是夏天，但此处终究是高原。

而且还是晚上。

比山下冷得多。

他粗壮的胳膊和胸前袒露的肌肤沐浴着风。他似乎觉得很舒服。

他腰边的座位上蜷着一只睡得正香的猫。猫有一身漂亮的黑毛。此时此刻，亮丽的纯黑天鹅绒融入周遭的黑暗，随呼吸缓缓起伏。

他给猫起名"沙门"。

即佛教的修行僧。

而他叫九十九乱奘。

几个小时前，他接到一通委托电话，动身赶往委托人等候的别墅。当然，那是委托人的别墅。

あやかしのおに
怪 士 之 鬼

晚上九点多。

从东京出发，开了三个多小时来到此处。委托人只在电话里大致交代了行车路线，但他确信自己没走错。

拐进这条路后，他没有遇到过一辆车。再往前便是未经铺设的山路，只有卡车或陆地巡洋舰这种比较高的车才开得了。

前方显然没有寻常民宅。

唯有富人的别墅，一年只用几回。这一带的别墅只要位置够好，就能从二楼的阳台看到山中湖后的富士山。

向右大拐时，车灯捕捉到了前方黑暗中的人影。

是个女人。

她站在路中间，高举的双手疯狂挥舞。陆地巡洋舰迎面驶来，她却全然没有要躲的意思。

"求你了，停车！"

刹车声和女人的喊叫声在黑暗中回荡，分外刺耳。轮胎的橡胶狠狠刮过路面，陆地巡洋舰就这么停了下来。停在了离她三米远的地方。

灯光照亮了她的身子。

一头长发，身材姣好，裹着牛仔裤的腰部勾勒出动人的曲线，T恤衫外面套着夹克。

分明是个鹅蛋脸美女。

灯光直直打在她脸上。

她因刺眼而皱起眉头，神情却极其严肃。

"送我一程行吗?"无比紧迫的语气,似乎非常着急。

乱奘很快就知道了原因。

几个男人从她身后的黑暗中蹿了出来——他们在追她。

"找到了!"

"别让她跑了!"

追兵高呼。

总共三个。

她正要跑向陆地巡洋舰的副驾驶门,就被追兵之一抓住了胳膊。

"放开我!"她喊道。

一双大眼睛转向乱奘,眼神里尽是恳求。然而在车灯的逆光下,她恐怕都看不清开车的是男是女。

她的手臂被扭到背后,面容因痛苦而扭曲。几缕乌发夹在双唇之间,贝齿若隐若现。以捆绑女人为乐的男人若是见了,定会舔着嘴唇,看得津津有味。

可惜乱奘不好这一口。

他下了车,让灯亮着。

融入凉爽夜风的落叶松味包裹住他的身体。

皓月当空。

乱奘抬头望月,又将目光挪回那群人身上,然后说道:"火药味挺重啊。"这低沉的男中音,据说他自己也颇为中意。

控制着那个女人的追兵扭头望向乱奘。

あやかしのおに
怪 士 之 鬼

一点都不讨喜的脸映入眼帘。"你谁啊?"那人眯着眼睛问。

由于逆光,他大概看不清乱癸的模样。

"SM 秀的灯光师——"乱癸徐徐上前。

眼看着乱癸慢条斯理地走进灯光里,那群人齐齐露出惊讶的神色。

女人口中漏出的细细呻吟也停止了刹那。

乱癸知道这是何故。

是乱癸壮硕的身躯震撼了他们。

他仿佛一块巨岩。净高两米左右,胸膛的厚度几乎与肩宽相当。高个男人往往肥胖,而他不然,却也没有瘦成竹竿,身材很是匀称,身体的线条皆由千锤百炼的肌肉组成,上臂最壮的部分和娇小女人的腰一般粗。肩部肌肉撑起棉薄衫,隆起至耳后。脖子比头还宽。

脖子上面架着一张岩石一般的脸。

面无表情。唯有几条带着倦意的皱纹被刻在眼角。

他只是漫不经心地张开双腿,站在那里,却散发出慑人的气场,仿佛有带着热气的肌肉风压扑鼻而来。

那气势足以匹敌直立的灰熊。

小流氓只要瞧上一眼,便会丧失斗志,气焰全无。

"你跟她是一伙的?"扣住女人胳膊的追兵低声问道,将她拽到乱癸和自己之间。

"不，不是一伙的。"

听到这话，那群人的紧张情绪稍有缓解。

"那你就当没看见吧。这不是陌生人能插手的事。"

"不好意思，我跟她可不陌生。"

"什么？"

"不陌生，倒也没睡过——"

"……"

"就是熟人。

"你说什么？"

"嗯，刚认识。就刚才——"他低声说道。

"你小子……"对方勾起一侧嘴角。

另外两个握着匕首，姿势还挺像那么回事。看来这不是他们第一次舞刀弄枪。

乱奘岿然不动。

"这样可不好……"他自言自语般喃喃道，"掏出那种玩意，反而更容易受伤，因为我就不好手下留情了。"

语气中甚至有几分享受的意味。

"混账！"追兵之一喊道。

但他光喊不动。饶是他也察觉到了这与平时的打斗并不相同。

"对事不对人啊。遇到这种情况，我总是帮女人的。"乱奘倏地上前，轻盈的步子与壮硕的身躯极不相称。

那群人被他的气势压倒，下意识后退。

あやかしのおに
怪 士 之 鬼

　　乱奨却没有停下。他的步态是那样随意，仿佛正走向在街头遇见的朋友。乍看之下，浑身都是破绽。双方的距离迅速拉近。

　　握着匕首的两个人冲了过来，好似被吸入了乱奨的巨体。一个挥刀砍向乱奨的脸，另一个人握着刀柄，收到腹部蓄力，向他袭来。

　　动作挺快，配合也算默契，看来他们惯于用刀。假动作与攻击方式的组合也运用得当，想必他们不止一次用这套把戏达到过目的。只是这一回，情况略有不同。

　　乱奨巨大的身体往下一沉，钻过两把白刃。这个动作大大出乎对方的意料。他用跨栏般的姿势伸出腿来，身子迅速压平，脚与地面平行，胯部几乎能擦到柏油路面。上半身向前倾倒，胸腹压到紧贴地面的位置，双臂也直直向前伸，与腿平行，唯有指尖略微向上。

　　但这个姿势也转瞬即逝。

　　哪怕是白天，用肉眼正确捕捉乱奨的动作也难于登天。

　　乱奨伸出左脚轻轻一扫，命中持刀冲来的男人支撑体重的脚。时机恰到好处，神乎其神。只见那人的身体飞上半空，转了一圈，越过乱奨头顶。不等他落地，乱奨便绕着右脚转了半圈，毫不费力地站了起来。

　　宛若巨岩自地心昂首。

　　被掀飞的人腰部着地。与此同时，最先发动攻击的人转手又是一刀。

乱奘轻轻横摆粗壮的右臂，简直跟赶苍蝇似的。

刺耳的金属声响起。

匕首一分为二，应声飞散。

原来是乱奘的两根手指叩击了刀腹。轻触般的动作，其实是惊人的绝技——寸指破。

这是一种圆空拳的招式，以最小的动作将全身的气力注入指尖后出招。

乱奘顺势闪身，用右手突然握住对方的手腕，那人的手连带着被折断的匕首一起被乱奘裹在掌中。

被掀飞的那个人呻吟不止。而他握着的匕首顶端，因落地的冲击贯穿了他的右侧大腿。

不过几秒钟的工夫。

乱奘身手了得，他有着与巨体格格不入的速度和强悍的弹跳力。而且，他的身体也无比柔软。

天知道，怎样的锤炼才能造就这样的躯体。

"好……好痛！"

被抓住的那个人呻吟着松了手，匕首落地。

"直接捏碎也行——"乱奘的声音是那样温柔。

听起来却分外骇人。

"大概会很痛吧。"他板着脸低语道。

这位彪形大汉似乎有不同寻常的幽默感。

あやかしのおに
怪 士 之 鬼

"别!"那人的声音变成了尖细的惨叫,好似哨声。看来是痛极了。

"怎么办呢……"乱癸将目光转向扣住女人的男人,粗犷下颚上的嘴角第一次微微咧开,露出令人神往的、豪放的笑。

"×!"对方用布满血丝的眼睛瞪着乱癸。

"放开她。不然这人的手就废了。"

"她……她是个贼!"

"哦……"乱癸两眼一眯。

"刚逮住她,就杀出你这么个程咬金来——"

"无论从哪个角度看,你都比那位小姐更像恶棍。而且舞刀弄枪的家伙说出来的话,我是从来不信的。"乱癸逼近一步。

"我没骗你!"对方语气急切。

"别听他的——"一直保持沉默的女人终于开口,"他是在拖时间!他的同伙马上就开车过来了,搞不好还有人带了枪——"

"闭嘴!"男子用力按住她的胳膊。

她顿时痛得花容失色。

"住手。"乱癸眼里终于浮现一抹愠色。

周遭的空气顿时绷紧。

恰似狮子蓄势待发的瞬间。

对方身子一缩。

"欺负女人,不可饶恕。"乱癸以粗重的嗓音撂下这句话。

他把握着匕首的那人拽到跟前,轻踹他的臀部。只见那人往前一栽,撞向女人和他的同伙。

"嗖——"

尖厉的气声自乱奘的喉咙迸发,巨体原地跃起,足有一百四十五公斤重的躯体竟轻盈地飞上半空。

躯体飞出车灯的光团,瞬间融入夜色。就这样,乱奘在没有助跑的情况下跃过三人头顶,落在抓住女人的男人背后。

不等他转身,乱奘粗大的食指便在他的右肩胛骨上轻轻一戳。

伴随着没出息的惨叫声,他跌倒在地,扭动身子,不住地呻吟。

"怎么样,舒服吧?"

对方无暇回答,只是不住地用身体摩擦地面,仿佛上钩的鱼。他大口大口地喘着气,似乎痛到无法呼吸。

"你干了什么?"片刻前还被乱奘握住手腕的男人喊道。

"轻轻按摩了一下某个让人舒服的穴位,那叫秘孔。轻戳某些秘孔还能要人的命呢。"乱奘若无其事道。

人体有十四条经络贯穿其中。经络就是气的通道。经络上分布着六百七十个秘孔,称"经穴",就是做针灸时扎的穴位。

乱奘戳的地方就是其中之一。

经穴的位置因人而异,而且会随着当天的身体状态和时间更迭略有变化,乱奘却能在瞬间找准经穴,实力自是深不可测。

あやかしのおに
怪 士 之 鬼

"一晚上就好。认真反省反省。"

"快走吧。"女人走向乱奘,仰头看向他的脸。

她的头还不到乱奘的肩膀。相较身材,她的脸显得稚气未脱,大概只有二十出头。没擦口红的唇上挤出几条诱人的纹路。

唯有仰望乱奘的眸中闪烁着分外老成的光。那是一种不同于女人味的,神秘而不可思议的光芒。

带着一丝蓝色的黑色虹膜中,也有不同于常人的妖异。

"上车,门没锁。"乱奘催她上车,自己也跑向驾驶座,只觉得毛骨悚然的寒意扫过后背。

怕不是卷进了什么棘手的事情——

乱奘心想。

而他的这种预感从未出错。

2

刚关好车门,前方便有刺眼的车灯光芒闪动。

"他们的帮手来了!"

没时间掉头了。

乱奘从空挡挂到倒挡,一脚踩下油门。陆地巡洋舰宛如跃起的巨兽,向后驶去。迎面而来的车在那些人的同伙处停留片刻,随即追来。

乱奘的车技非比寻常。他借着月光与方才经过时留下的印象,以惊人的速度倒车。但倒开终究不是个办法,虽说他稍稍领先于追兵,但用不了一分钟就会被追上。

不过乱奘似乎已有打算。

"追来了!"女人喊道。

对方的车灯已近在眼前。

几十秒便能追上的距离。

"有了!"乱奘说道。

あやかしのおに
怪 士 之 鬼

道路右侧有一处通往岔道的入口,乱奘在找的就是它。

陆地巡洋舰擦着迎面追来的那辆车的车体冲进岔道。追兵的车在距离车尾备胎不过几厘米的地方,发出震耳欲聋的刹车声。

一进岔路,便享受不到柏油路面了。

车体剧烈摇晃,普通轿车的底盘会迅速磨损。

只要走这样一条路,格外擅长对付糟糕路况的陆地巡洋舰就不可能被普通轿车轻易追上。哪怕正着开,若是走铺设过的好路,被追上就是迟早的事。

路上到处都是在梅雨季节崩落的大小石块,左手边的山崖毫无整修的痕迹,右手边则是山谷,水声从下方的深渊传来,或许是有溪流穿过。

乱奘和女人几乎一路无言。

她盯着前方,脸上带着倔强的神色,眼神中带有一丝苦涩。

"谢谢你。"她这才回过神来,幽幽地说道。

"现在道谢还早了点。"乱奘看着前方说道,"这条路应该是通往西丹泽的森林公路,但路况比我预想的差,被卡在半路就完了。"

就在这时,陆地巡洋舰的右前轮猛地弹起,肯定是轧到了石头。乱奘以高超的技术转动方向盘,让后轮及时避开石头。

沙门醒着。只见它抬起头,轻轻叫了一声,打量着那个女人——它有一双明亮的金绿色眼眸。

"猫——"

她似是才注意到沙门的存在。

沙门很快将视线从女人身上移开,轻盈地跳上乱奘的左肩。它的体格明明与成兽无异,身长却跟小猫差不多。只要蜷起身子,女人能用两手将它捧起来。

沙门稳稳坐在乱奘摇晃的肩头,比身子还长的尾巴粗过寻常的猫,但并不难看,它通体乌黑,身材匀称极了。

沙门的气质好似上了年纪的野兽,处变不惊。

"怎么回事?"乱奘发问。

他问的不是沙门,而是那个女人。

女人双唇紧抿,闭口不言。

"是我自作多情帮了你。你不想说,我也不勉强。"语气倒是真诚。

片刻的沉默后,女人开口了:"那是什么招数啊?"

她没说自己的事,却问起了乱奘的事。

"那?"

"看着不太像空手道。"她问的貌似是乱奘用来打倒那群人的招数。

"类似八卦掌的雏形吧。"

"八卦掌?"

"是中国武术的一个流派。"

"好厉害啊。"

あやかしのおに
怪士之鬼

"这不算什么,我也只是学了点皮毛。"

"还好遇到你这样的过路人。"

"我是来办公事的,正要去见委托人。"乱奘察言观色道,"这下铁定迟到。待会儿得打个电话给丹波老爷子,找个借口——"乱奘透露委托人的名字是为了试探。

他想弄清楚刚才的事情是否与这次的委托有关。

"对不起。"女人的表情并无变化。

"没事。"乱奘说道。

话音刚落,他就猛踩刹车。陆地巡洋舰狠狠地刮擦着地面,停了下来。

"啧……"乱奘咂嘴。

前方十多米处有一条隧道,而隧道入口被沙土堵住了大半。在车灯的光亮中,这样的光景现于黑暗中。入口的下半部分皆是沙土,陆地巡洋舰太高了,若是强行通过,车顶一定会撞到隧道的天花板。

"等着。"乱奘带着肩头的沙门下了车。几分钟后,他回来了。原本落后他们数百米的追兵的车灯近在咫尺。

"系好安全带。"他如此说道。

3168cc 的柴油发动机发出沉重的咆哮。

乱奘没有丝毫的犹豫,朝右手边的山谷猛打方向盘。

"你要干什么!"女人放声尖叫的时候,陆地巡洋舰已经沿着斜坡滑向了漆黑的谷底。

坡度超过了四十度，树木稀疏。轮胎剜着大地，卷出小草与灌木。乱奘控制着几乎要翻倒的陆地巡洋舰滑向右下方的谷底，勉强保持着车体的平衡。这辆车本不具备沿斜坡横向行进的性能，设计师只考虑到了直上直下的情况。而此时此刻，乱奘正在表演只有履带车才能完成的动作。在夜间，而且是在草木丛生的斜坡上使出这般绝技，需要非凡的技巧、胆量和过人的运气。

山谷的水声近在脚下，不远处便是近乎垂直于谷底的山崖。

树木逼近眼前，乱奘用陆地巡洋舰的前保险杠蹭上去，让后轮漂移到山谷一侧。车身虽有些许倾斜，但还是停了下来，车头朝着斜上方。

乱奘挂了倒挡，边下坡，边把车头对准正上方的路。仿佛眼神犀利的狮子傲然昂首。

转而上坡。

引擎的咆哮声盖过了山谷中的水声。

如果路况理想，陆地巡洋舰能爬上四十五度以上的斜坡。问题是——脚下是未经修整的山坡。陆地巡洋舰如老人一般气喘吁吁，呻吟不止。

山坡愈发陡峭，车体下滑的幅度超出了攀爬的幅度，陆地巡洋舰刮下一大块土，猛然打滑，生出骇人的失重感。

乱奘忘我地打着方向盘，只听见一记闷响，装在后门上的备用轮胎撞上了一棵树，车也停了下来。是乱奘通过操控方向

あやかしのおに
怪 士 之 鬼

盘达到的效果。

即便是四轮驱动的陆地巡洋舰，在这样的情况下也是动弹不得。

"会开车吗？"乱獒问那个女人。

"应该会。"女人用紧张的声音回答。

"我去弄绞车。你留在这里，握住方向盘。"乱獒下达必要的指示后，开门下车。他解下系在绞车上的钢索，握住一端，爬上山坡。爬到上方的路面时，钢索还有余量，那个位置离隧道尽头大约十米。

他在车上方的山崖找了一棵粗壮的树，把钢索绑在上面，然后回到车里，再次握住方向盘。

绞车咆哮起来，陆地巡洋舰徐徐升起。左手边远处的黑暗中有灯光闪烁。追兵纷纷下车，打着手电，追上来了。

枪声在黑暗中响起。

山中漆黑一片，距离又远，子弹不可能命中目标。开枪的目的大概是威吓，但感觉着实令人不爽。

车体升至路面。

乱獒将陆地巡洋舰掉转行驶方向，开着引擎，停稳，接着下车拆钢索。

追兵的声音从下方不远处传来。

沙门站在乱獒肩头，尾巴直直竖起。

乱獒把钢索收回绞车，正要回驾驶座时，陆地巡洋舰却突然发动了。

"怎么了？"乱奘跳上车顶架的铝管。左手抓着铝管，右手抓着打开的驾驶窗框。

"你想干什么?!"他把头伸进窗口吼道。

"要理由，就问追来的那群人吧！"女人瞪着前方说道。

"什么？"

陆地巡洋舰猛然加速，带来的力量直冲乱奘握着车顶架的左腕。

"你再不跳车，会撞到那棵树的！"女人喊道。

乱奘抬头望去，只见路边的树干在车灯的光芒中朝他逼来。

"记得还车，车贷还没还完——"乱奘在空中说完了最后半句话。他双脚着地，巨大的身体随即一个前滚翻，在减速的同时，滚入路边的灌木丛。

"别怪我……"女人的声音回响在耳边，越来越轻。

"怪是怪定了——"乱奘喃喃着起身，面露苦笑。

"适得其反啊……"

他指的是之前对女人的试探。

"原来是丹波老爷子要抓她。"乱奘抱起凑到脚边的沙门。他的右手握着一个白色的东西——女人塞在夹克口袋里的手帕。

那是他跳下陆地巡洋舰的时候顺手抓的。他展开叠得整整齐齐的手帕一看，里面夹着什么东西。借着月光，才看清那是两根人发。

あやかしのおに
怪士之鬼

"找到了!"

"在那儿!"

追兵的声音传来。

手腕差点被乱荞捏碎的人的声音也混在里头。

"该怎么解释呢——"乱荞把沙门托上肩膀,喃喃自语,"前景堪忧啊……"

他叹了口气,抬头望天。

月色正美。

3

好奢华的沙发。

真皮,而且是进口货。

乱癸这般体形的人坐上去,依然稳若磐石。房间里的家具摆设皆是一流。一块地毯外加沙发、茶几,就足以买下一套廉价的商品房。在某些地方,钱多得跟垃圾一样。

乱癸此刻独自待的房间更偏向大宅院的风格,而非寻常别墅。不愧是丹波善之助的别墅。

从刚才开始,乱癸便被一种奇怪的氛围所笼罩。整座宅子似乎都被包裹在某种诡异阴森的磁场中。

那感觉就像是被扔进了一团高度带电的空气中,令人体毛微微立起,战战兢兢。

骑在乱癸肩头的沙门也有些神经过敏,半晌不吭一声。

带乱癸来的那群人也是离宅子越近,就越沉默寡言,心神不宁。他们似乎也感受到了这种氛围。

あやかしのおに
怪士之鬼

乱荑想起了他们进屋时的惊惧眼神。

"嗯……"

乱荑用双眼缓缓打量着这个充满瘴气的房间，仿佛在估价一般。

"这便是这次的差事——"就在这时，有人轻轻敲门，房门在轻微的"吱呀"声中开启。三个男人走了进来。

其中之一正是丹波善之助。

丹波善之助坐着轮椅，身披长袍，双手置于扶手之上。他身材矮小，脸膛发红，整个人比电视和照片里的他小了好几圈。额头秃了，唯有双耳上方留有几缕精心梳理过的白发。看起来憔悴极了。

脸上阴云密布。不像大病初愈，倒像是本该静养的人强打精神下了病榻。

他还弓着背，明明是古稀之年，看着却老了十岁。

唯一散发出生气的是那双盯着乱荑的小眼睛，炯炯有神。

另外两人十分精壮，一个推着轮椅，另一个紧挨着丹波。个头也很大，只是不如乱荑。动作干净利落，一看就知道是保镖。两人都穿着西装，胸口有鼓起的硬物，一定是手枪。那是在无声地警告乱荑，他们已做好随时拔枪的准备。

"你来这一趟，动静不小啊。"丹波说道。

他指的是乱荑放跑那个女人的事情。手下肯定已经如实汇报过了。

"不好意思,我有个坏毛病,看到女孩子被欺负,总忍不住要出手。"乱菐丝毫不畏惧眼前的老者。

丹波善之助是重工业巨头"丹波集团"的一把手,在政界人脉极广,相关企业足有三位数。一个月前,他名下的酒店发生火灾,造成三十二人死亡。自那时起,他便不再公开露面。他麾下的医生开了证明,对外宣称他需要在家静养一段时间。

而面见丹波的乱菐随口说了一句"不好意思",西装保镖们顿时全身紧绷。

老者却面不改色。

"体贴女人——这没什么不好,不过,因为这份善心而万劫不复的例子,我也见得多了——"

犀利的双眼瞪着乱菐,丝毫不像人生暮年的老者。与此同时,丹波微微喘着气。看来他只要连着说上几句话,就会气喘吁吁。

"怎么回事?"

这句话,乱菐也对那个女人问过。

"你问的是那个女人,还是我为什么把你叫来?"

"都有。这两件事总不可能没关系吧?"

"天知道——"

"什么意思?"

"她溜进我女儿的房间,被发现以后就逃了。我们根本不知

あやかしのおに
怪 士 之 鬼

道她想干什么，又是什么来头。我叫你来，则是为了睡在她溜进去的那间屋子里的女儿。听明白了吗？"

乱奘点了点头。"你的意思是——即便两件事有关，你也没有头绪。"

"对。"

乱奘将视线从天花板的一端慢慢扫向另一端，似乎在感知某种动静。空气中仍有那种瘴气，而且——还有淡淡的腐臭。

"这玩意可不一般。你要我处理的就是它吧？"乱奘问道。

"你果然瞧得出来。"

"瞧不出来就干不了这一行了。缠上这个家的玩意相当棘手啊。"

西装保镖们的脸上闪过一丝惶恐，似是被乱奘的话语吓到。但这种表情很快就消失了。要么是他们非常专业，要么就是他们更害怕丹波，而非作祟的玩意。

似乎两者皆有。

"叫你来，是想请你救我女儿。"

"呵……"

"实不相瞒，她被恶鬼缠上了。"

"恶鬼？"

乱奘问出这句话的时候，肩头的沙门站了起来，抬起金绿色的眸子看向天花板的一角，低声叫唤。纯黑的体毛表面带了浅蓝色的磷光，尾巴尖分出小小的两撮毛。

四人顺着它的目光看去，便被天花板上的东西牢牢吸引——那里分明伏着个形似蜥蜴的活物。

乱奘之外的三人都发出了将惨叫咽回肚里的声音。即便如此，没叫出来就已经是勇气可嘉了。

它的头上分明长了一张人脸，在天花板上俯视众生。

只见它蹿过天花板。

沙门化作一道黑色电光，朝它跳去。落地时，嘴里就叼着它，尾巴彻底一分为二，直至根部。

"叽。"

"叽。"

它用人嘴发出高亢的声音，在沙门嘴里扭动挣扎。有着蓝黑色光泽的身体表面布满血丝般的红线，好一幕令人心惊胆战的景象。

沙门吞下它，低吟一声。只见舌头在鲜红的嘴里来回翻动。尾巴则自下而上，慢慢恢复成原来的一根。

"看来是魖鬼——"乱奘对大气都不敢出一下的三人说道。

"魖鬼？"

"嗯。气是万物皆有的存在感，或者说生命感，无论是草木还是岩石，几乎所有东西都有这种气，而魖就是失去本体之后依然存在的气。说它是气的幽灵会不会好理解一点？上了年头的魖混杂在一起，连本体是什么都难以分辨。魖凝结而成的有形之物便是魖鬼。魖鬼很罕见，不过这也能体现出在此地作祟

あやかしのおに
怪 士 之 鬼

的家伙的影响力有多大。"

乱癸起身走向门口,门上还趴着一只魍鬼。

乱癸随手抓住了它。

走回来的时候,他提着魍鬼的尾巴,举到丹波眼前。

只见它倒挂着,吱哇乱叫,咬牙切齿。一张人脸凶神恶煞地瞪着丹波。

"看清楚了!"乱癸说道。

丹波从喉咙深处发出痛苦的呻吟,但他没有移开目光,多么惊人的意志力。

"它长了人脸,说明附在你女儿身上的应该是人。只是还不清楚是死灵还是生灵——"

乱癸稍稍集中意念,瞪着魍鬼。刹那间,手中的魍鬼变得模糊了,仿佛融入空气一般,看不见了。

地上的沙门仰望乱癸,眼里尽是不服气。

"还没吃饱啊……"乱癸用怀着歉意的口吻说道。

仿佛是对这句话的回应,沙门无声无息地蹿上乱癸的身体,蜷在他的肩头。

"它就爱吃魍鬼,刚才那只没吃着,所以在生闷气。"

"这不是普通的猫吧。"丹波用干涩的嗓音说道。

"猫就没有普通的,每只都很有个性——"

"我不是这个意思。"

"它是猫又[1]。没看到那条分叉的尾巴吗？早让它别当众露尾巴了——"

"你养的？"

"养？我们是朋友，不是饲主和宠物的关系。我体质特殊，容易被奇奇怪怪的玩意喜欢上，所以总有两三个像它这样的黏着。否则我不会干这一行，也不会被你找来了。"

"挡灾的？"

"是有人这么说，但这叫法不是我定的。"

"我需要你的帮助，救救我女儿。"丹波语气悲痛。

"得看具体情况，我也不是万能的。还得看——"

"我出什么价？"

"对。因为我的陆地巡洋舰被那个女人偷了，得多收点。"乱奘面不改色道。

"我有思想准备。"

"那就说来听听吧。"乱奘往沙发上一坐。

"关于你刚才说的——"丹波边说边调整气息，大概是话说多了，"玄角说是生灵。"

"玄角？"

"除了你，我还找了一个人。"

"修验者？"

---

[1] 日本传说中的妖怪。

あやかしのおに
怪 士 之 鬼

"对，他比你先到。在你们之前，我找过三个'大仙'，但都不顶用。一个疯了，两个住院了。"

"住院？"

"全身肿胀，四肢逐渐腐烂——"丹波抬起一只手，揭开身上的长袍，"需要救助的不光是我女儿，还有我。"

乱癸瞥了一眼，便咬紧后槽牙。

方才闻到的腐臭的源头就在眼前——丹波双膝以下的肉呈暗绿色，松松垮垮，腐烂殆尽。

4

午夜零点。

乱荚与丹波走进那个房间，强烈的腐臭扑鼻而来。

空气混浊而凝重。

房间约莫二十张榻榻米大，法式落地窗占了南墙的一半。

丹波的女儿——丹波凉子的床靠西墙摆放。它起初被摆在北墙和东墙之间的转角，而东北是"鬼门"的所在，是第三位"大仙"让他们把床挪了过来。

一袭白衣的男人捷足先登，他便是玄角。

他以结跏趺坐的姿势坐在地上，瞪着躺在床上的女人，没有看丹波一眼。玄角身材高瘦，尽管没有乱荚高，但站直了应该也直逼一米九。岁数倒是瞧不出来，下至三十岁不到，上至四十五六岁，说他是哪个年纪都有人信。

床边设有密教使用的护摩坛，很是地道。

丹波屏退两名保镖。

あやかしのおに
怪 士 之 鬼

"情况如何？"丹波问玄角。

"快开始了。"玄角在胸前结契印，保持坐姿回答。

"能用那护摩坛压住吗？"丹波的声音里含着一线希望。

"光靠护摩坛就能驱除恶灵，那可就太省事了。这些东西充其量是工具而已，认定用好工具就能辟邪驱鬼，无异于认定用好球棒就能击出全垒打。除灵也讲究实力，唯有强者笑到最后。如果我比较弱，那就没戏了。即使在这个世界上，奇迹也不可能发生。强者胜，弱者败——"他爽快地说道，说得明明白白。

"介绍一下，这位是九十九乱藤，他刚刚赶到。"

听到这话，玄角第一次转过头来，他长得很是英俊，堪称"美男子"。

"久仰。听闻你在中国台湾修过仙道——"他缓缓起身。

"过奖了。"

"好壮实啊。没想到只吃云霞的仙人里还有你这样的——"

"人在山上便是仙人，在谷底便是俗人。我就是后者，吊车尾仙人一个，和从天上掉下来的久米仙人[1]差不多。我听说修仙不用戒女色，于是才走上了这条路，结果还是因为女人栽了跟头，干起了这行——"

"看来我们是半斤八两。"神似螳螂的瘦脸咧嘴一笑。

---

[1] 日本传说中的仙人。《元亨释书》卷十八云："久米仙人者和州上郡人，入深山学仙方，食松叶，服薛荔。一日腾空飞过古里，会妇人以足踏浣衣，其胫甚白，忽生染心，即时坠落。"

好不狡猾的笑容。

"大概就是这样,今天就先瞧瞧对方的本事。"玄角环顾四周,房间的角落贴满了写着"梵"字的纸牌,他的眼神里颇有几分享受。

这个叫玄角的男人似乎不同于那些被恶鬼轻易摆布的"大仙"。

"你刚才说,快开始了——"

"请看。"玄角指着床上的丹波凉子。

毯子盖在仰面躺着的凉子身上,形成人形的隆起。只见毯子不住地蠢动,有什么东西在凉子的皮肤和毯子之间爬动。

一声细细的呻吟从她的嘴里传出,带着微微的甜腻。

凉子面无血色。

邪物缠身之前,她一定美得不可方物。她今年二十八岁。丹波在四十二岁那年才有了这个独生女,她的母亲在四年前撒手人寰。

凉子在父亲面前发出甜腻沙哑的声音,仿佛身体对淫梦做出了反应。

玄角在老父眼前掀开盖在凉子身上的毯子,映入眼帘的怪诞景象让人不禁扭头。

凉子没有穿内衣,瘦骨嶙峋的躯体暴露无遗。她跟父亲一样,双腿的肉趋于腐烂,而且情况更为严重。腐臭便来源于此。唯有身上的皮肤白得可怕。只见十多只魍鬼正在雪肤上蠢动。

有的将大半截身子埋入凉子的身体,扭动四肢。有的把头

あやかしのおに
怪 士 之 鬼

伸出凉子的腹部表面,仿佛从水里冒出头来。

惨不忍睹。

丹波没有将视线挪开,凝视着女儿的身姿。

"叽,叽叽叽……"

"吱吱……"

人面魍鬼的叫声阴森地回荡。

令人作呕的景象。

乱燹的眉头微微一皱。

沙门跳下乱燹的肩膀,落在床上,一口叼住从腹部探出头来的魍鬼,将它拽出凉子的身体。滴血未流。

沙门津津有味地享用起来。

乱燹把双手放在凉子腹部,通过手掌送气,在凉子的皮肤激起阵阵涟漪。

说时迟,那时快,无数魍鬼从凉子体内冒了出来,叽叽喳喳地叫着。

沙门扫除了将近一半魍鬼,另一半则是被玄角收拾的。他用写有梵文真言的牌子抚过魍鬼,它们立时消失不见,仿佛融入了空气。

两人给凉子盖好毯子,走回原处。

丹波善之助的太阳穴突突直跳。

"你说是生灵作祟——"丹波挤出一句话,"生灵杀得了人吗?"

"当然。生灵有刻意变的，也有无意变的，这次的情况属于前者。说白了，就是诅咒，而且怨念相当之深。对方不仅有天赋，诅咒技术也相当了得。"玄角回答。

"凭你们的本事也救不了我们吗？"

"最好的法子就是说服对方。"乱荚说道，"说服不了的话——"

"那就只能下杀手了。"玄角轻描淡写。

"但前提是，你得知道对方是谁。"说着，乱荚望向丹波。

丹波没有回避他的目光。

"我毫无头绪。不，应该说头绪太多，不知从何查起。想置我于死地的大有人在。"

"听说酒店那场火灾死了不少人——"

丹波闭口不言。

他抿着布满干纹的嘴唇，眼睛盯着地板，但他并没有在看地板。那是一双阴暗而沉重的眼睛，直视着自己的内心深处。

乱荚对这位眼神尚有生气的老者略感佩服。明明身材矮小，体重不及自己的一半，却散发出了奇异的威慑力。暂且不论他这辈子赚了多少不义之财，此刻的他正以身对抗那一笔笔孽债。面对纠缠女儿与自己的邪祟，他没有逃避，而是选择了斗争。

腐烂的双腿怕是废了。不难想象，他光是坐上轮椅都痛苦不堪。换作旁人，完全有可能在床上苟延残喘，将布满皱纹的老脸埋在用钱买来的裸女胸口。

乱荚想起了裤子后袋里的东西——用手帕包着的头发。那

あやかしのおに
怪士之鬼

是从女人身上摸来的，其中一根显然是女人的头发，另一根则像是男人的。

她为什么随身带着这种东西？乱葵有一个猜想。

他还没有告诉丹波头发在自己手里这件事，这是多年经验凝结而成的智慧。毕竟在处理这类委托时，这样的东西也许会成为意想不到的王牌。

不知不觉中，房间的内压陡然升高。房间里的空气都紧绷起来，仿佛带着静电。整栋宅子因外界的压力而扭曲，充满能量。

在有眼力的人看来，落叶松林中的宅子正散发着朦胧的磷光。

在房间中，黑色的斑点状玩意时隐时现，空气中飘浮着气泡，好像沸腾了似的。但空气本身正在迅速冷却，仿佛有人打开了大功率的空调，温度肯定下降了五六摄氏度。

"来了。"

豪放的笑爬上乱葵的嘴角。

玄角为护摩坛点火，在跟前盘腿坐下。

他用自己的方式整合了从各处学来的东西，但言行举止条理清晰，要点也都把握到位了。这人还挺博学。乱葵心想。

乱葵决定静观其变。

房间中的灯光缓慢闪烁，好似在呼吸，仿佛被增压的瘴气吸走了能量。

沙门在乱奘的肩头上站了起来。尾巴完全分成两半，直冲天空。

"啊！"

一声尖叫。

窗外站着一个黑影，似是夜色凝结而成。那人影至少比乱奘大上两圈。不，那不是人，虽然没长角，但它是如假包换的恶鬼。

一双火红的眼睛瞪着屋里，满脸怒容。

咚！

骇人的力量砸向落地窗，使窗户整个朝内侧弯曲。恶鬼无法进屋，是因为墙上贴着玄角画的护符。

恶鬼的表情愈发狰狞，脸颊猛然膨胀，比原先大了一倍。嘴唇裂开，长出獠牙。头发如针一般竖起，释放出一簇簇幽蓝的火焰。

只见它张开血盆大口，长长的舌头滑了出来。额头像长了瘤子似的隆起，形状怪异的粗大犄角破肉而生。角上沾满血肉。

玄角的声音渐响。

它又一次砸向窗户，比之前更加用力。窗户并没有破。

恶鬼咬牙切齿，身体膨胀起来，像雾气一般融入夜色。

突然，一股强大的能量撞向窗户。整扇窗四分五裂。

它站在散落着玻璃碎片的地板上。融入房间空气中的魍立刻凝聚在它周围，化作数百只魍鬼。

あやかしのおに
怪士之鬼

赤身裸体的恶鬼站在那里，全身爬满魍鬼。

玄角已然倒地。

鲜血如活物一般涌出鼻子，在地板上扩散。

一直昏睡的凉子醒了。她站不起来，只得匍匐在床，双眼圆睁，嘴边带笑，眼睛紧盯着恶鬼的下身。淫靡的眼神中因为对欢愉的期待而湿漉漉地泛着光。

她看不到乱癸，也看不到父亲。

她匍匐到恶鬼跟前，紧紧抱住恶鬼，用脸颊蹭它。

好一场怪诞的噩梦。

光蹭还不够。

她发出怪叫，伸出舌头去舔。

恶鬼抓住凉子的头发，强迫她以四肢撑地。

凉子高高抬起臀部，脸颊擦着地板，嘴角淌着口水。

恶鬼自后方贯穿她的身体。

女儿在父亲面前被打开，发出愉悦的喊声。

丹波善之助眼睛一眨不眨地凝视着眼前的光景。眼神与恶鬼并无二致，血泪滴落下来。

站在原地的乱癸抬起双臂，将手掌对准恶鬼和凉子，送气。常人肉眼看不到的青白火花在乱癸和恶鬼之间爆发。

骇人的气压。

恶鬼并无畏缩之色，它并非乱癸招架得了的玩意。

眼前的恶鬼并非实体，不过是具有物理力量的"气"，不是拳打脚踢一番就能制伏的。

磨牙的响声传来，是丹波咬紧后槽牙的声音。

"就拿它没办法吗？"老人吼道。

"没辙了——"乱奘"喊"了一声，绕去恶鬼背后，从后方抱住与凉子交合的恶鬼。

"煞！"恶鬼吼道。

它在乱奘的臂弯中转身面向他。

不，它并没有转身！

是恶鬼的背面直接变成了正面，恰似两只恶鬼背对背站在乱奘怀里。恶鬼的体形比乱奘大。一面对着凉子，另一面对乱奘龇牙咧嘴。

乱奘调动全身，将所有的气注入手臂，怀中的恶鬼迸发出白色的火花，丹波老人的眼睛几乎都能捕捉到。

恶鬼的身体膨胀得更大了。骇人的力量。

乱奘的手臂几乎要被撑开了。

"呼——"

这时，有声音传来。

玄角醒了。

他抬起头，缓缓起身，用胳膊擦了擦鼻血，看着乱奘，羞惭地笑了。

"大意了。"他走到乱奘身旁，双手交握于身前，伸出左右两根食指，用指尖在空中切九字，扎入恶鬼体内。

あやかしのおに
怪士之鬼

"呃!"

撕裂空气的声音响起。

恶鬼的身影从乱奘怀中消失。

而包裹着乱奘壮硕上半身的衬衫早已破烂不堪。

"好厉害的敌手。"玄角说道。

"确实。"乱奘点头。

"你连一个女人都救不了吗?!"老人用激愤的眼神瞪着乱奘。

乱奘面前的凉子仍然翘起臀部,微微摇晃,发出甜腻的叫唤。

暗狩之师

5

世田谷某公寓八楼。

乱奘在家中等候一通电话——来自那个女人的电话。

那个凄惨的夜晚已是两天前的事了。昨天,他从丹波的别墅出发,去山北捡回了被撂下的陆地巡洋舰,然后直接返回东京。

到家后,他便足不出户,等待那个女人的来电。

这次的委托,是一份略有些特殊的工作。

正如丹波那晚所说,称乱奘是个"挡灾的"并无不妥。他有时也会利用容易吸引鬼怪的体质和相关知识,代替受害者被缠上,如此解决问题比直接驱鬼便捷得多。在某些情况下,他只需接近被附身的人,鬼怪就会自然而然地跟他走。

乱奘不像常人那般怕鬼,他甚至对鬼怪抱有亲切感。大多数附在人身上的鬼怪不是怕寂寞,就是自己也想瞑目。正是死不瞑目的不甘驱使它们找到同病相怜的人,附身作祟。

あやかしのおに
怪 士 之 鬼

在处理委托的过程中，缠上乱奘的鬼怪大多会在几天内消失不见。乱奘也不清楚它们遭遇了什么。唯一确定的是，它们没有回去找之前的受害者。

乱奘有时也觉得自己可能有一种神奇的力量，能让鬼怪瞑目。

委托人也有可能在鬼怪作祟之前找上他。

好比最近，他就接到了这样一个委托：某公司老板想新建一座工厂，奈何施工区有一棵以"闹鬼"闻名的老银杏树。负责工程建设的本地承包商说什么都不敢砍。

于是乱奘就替承包商把树砍了。

其实许多现代化企业特别讲究这些。众所周知，某电器巨头的总部就供奉着稻荷神[1]。

但这一次，情况有所不同。

作祟的是生灵。

而且似乎是冲着委托人来的。

当务之急是找出生灵的本体。

最好先摸清对手的实力，再采取措施。反正有玄角守着，丹波父女一时半刻应该不会有大碍。

先探探诅咒者的虚实——

所以乱奘一直在等那个女人的电话。

---

[1] 财富的象征，也是古代日本工商界最信奉的神明之一。——编者注

如果敌人就是她,那么乱奘手里的头发就一定是她最想要的。

放眼世界,在咒法中使用对方身体的一部分或照片的例子比比皆是。

有目标人物的头发或指甲,就更容易让诅咒的波动与之契合。当然,也不是非用头发或指甲不可。一滴血、一块皮肤……甚至是对方常穿的衣服,都能产生奇效。

然而,乱奘的心情很沉重。

他很想从丹波善之助那里捞一大笔钱,却总有个疙瘩卡在心头。总觉得无论事态朝哪个方向发展,都有可能造成让人郁闷的结果。

因为作祟的一方,似乎也有一定的苦衷。

陆地巡洋舰毫发无损地回来了,现在收手也不会少块肉,只是……钱太有吸引力了。

而且,他也想亲眼看看是什么人做得这样绝。

乱奘绷着脸,苦等电话。

想必下车前,她已经发现乱奘取走了头发。

那她会怎么做呢?

必须设法查明乱奘是谁。只要在车内翻找一番,就会发现几张纸,上面写有乱奘的电话号码和地址。如果她没有这么做,就说明乱奘完全预料错了。

夜幕降临。

あやかしのおに
怪士之鬼

电话还是没来。

乱奘心想：难道她放弃那些头发了？

在她看来，乱奘是敌方的人，她不会因为乱奘在自己有难时出手相助，就直接开口问他要头发。毕竟她连偷车这种事都干得出来。

但乱奘觉得，她至少会打电话试探一下。

难道是预料错了？

十点了，乱奘决定就寝。

谁知入睡不到一小时，他就被某种奇怪的动静惊醒了——有人正试图通过房门进屋。

入侵者用复制的钥匙之类的东西打开了房门，那人的气刚扰乱公寓的气，乱奘便注意到了。这个入侵者精通隐形法。但要想神不知鬼不觉地闯入乱奘家，没有与他相当或更高的水平，恐怕很难。

乱奘屏息凝神，静候入侵者的到来。因为他意识到了入侵者的气是冲着他来的。

入侵者走进房间时，乱奘突然打开了床头灯，站在眼前的是一个女人。

正是那晚被乱奘搭救的女人。

她右手握刀。室内突然亮灯，她的脸上却没有惊讶之色。

"就知道你会发现。"她说道。

她是那样憔悴。不到两天的工夫，美丽的脸庞仿佛一下子老了三四岁。

"你也知道,那种刀是奈何不了我的。"乱棻在床上支起壮硕的躯体,赤裸而强壮的上半身展露无遗。

"我知道,这不是用在你身上的——"

"哦?"

"别过来!"她大喊一声,用刀刃抵住自己的喉咙。

"看清楚了!这刀是用在我身上的!敢过来,我就死给你看!我没跟你开玩笑!"

确实动了真格。

乱棻无意怀疑。毕竟,他亲眼见证了那晚的骇人光景。

乱棻苦笑道:"这可把我难住了。亏你能想出这种主意。"

"这就是你的软肋,你的弱点!"

"没错。我想起丹波老爷子说的那句话了——对女人好的男人会因此万劫不复。"

"把偷拿的东西还给我!东西还在你手上吧?"

"对。"

"在哪儿?"

"你不会是想说,我不给,你就死给我看吧?"

"没错。"

"可我要是给了,另一个女人就要大难临头了。她现在的情况已经相当糟糕了。"

"那贱人死有余辜!丹波父女受到什么样的折磨都是罪有应

得！他们害死了我妹妹和她的未婚夫，还有在那场酒店火灾里遇害的另外三十个人！"

"什么？"乱葵抬高音调。

"想知道吗？"

"嗯。搞不好听完之后，我会把头发给你。"

她打量着乱葵的表情，片刻后，徐徐道来："我和妹妹是双胞胎。我们从小就喜欢一样的东西，不用开口也知道对方在想什么——"

"这种情况在双胞胎中很常见。"

"不，不只是这样，我们之间的联系比所谓的心电感应更紧密。我们家有这方面的血统。母亲没有这种能力，她在我们很小的时候就去世了。但父亲是货真价实的通灵者。据说他很小的时候就能准确预知街坊邻居即将遭遇的事故和天气了。而我们姐妹继承了这种血统，只要互通心眼，我和妹妹就能看到对方看到的东西。一个受了伤，另一个的身上也会出现同样的伤痕。"

"那你们跟丹波是怎么牵扯上的？"乱葵的手裹着沙门，猫发出"咕噜咕噜"的叫声。

"我们姐妹爱上了同一个人。他是大学的学长，姓矢崎，在发生火灾的那家酒店做前台。"

"哦。"

"但他选的不是我，而是妹妹。"

"呵……"

"但我和妹妹都沉浸在幸福之中。因为她和矢崎学长约会时，我也在与他约会；她在矢崎学长怀里的时候，我也在同一张床上，在他的臂弯之中。我们早就说好了，要是爱上同一个人就这么做——"

"……"

"可丹波的女儿凉子出现了，毁了我们的幸福。凉子频频招惹矢崎学长，但学长明确拒绝了，他知道凉子只是和他玩玩，而且他已经跟妹妹订婚了。可遭到拒绝，反而让凉子动了真格——不，她就是想争一口气。因为她这辈子大概从没被男人拒绝过。她想尽办法，勾引比自己年纪小的学长。但意识到学长不会被打动之后，她就把矛头指向了妹妹——"她神情苦涩，似乎想起了痛苦的往事，眼里写满激愤。

"接下来说的，是我通过妹妹的眼睛和耳朵了解到的一切，全都照实告诉你。发生火灾那天，一个自称是矢崎学长朋友的人把妹妹叫去那家酒店，说什么'矢崎在做很有意思的事情，你快来看看'。妹妹有些犹豫，却终究放心不下，还是去了。她到酒店一看，矢崎学长并不在前台。于是她决定去那个'朋友'透露给她的酒店房间。她敲了敲门，却没人回应。但门没有锁，一推就开了。女人和矢崎学长的声音传了出来。妹妹下意识地走了进去——"她痛苦地摇了摇头，兴许是在那个房间里看到了极其不愿回忆起来的景象。抵在喉咙上的刀尖却没有丝毫

あやかしのおに
怪士之鬼

动摇。

"——妹妹清清楚楚地看到,矢崎学长和凉子在床上搂搂抱抱,一丝不挂。学长见妹妹进来,顿时吓了一跳,连忙下床解释,说事情不是她看到的那样,自己是被叫来的,一进来就看到凉子光着身子抱了上来。他还滔滔不绝地说,他不是故意要背叛妹妹的,这是第一次,男人遇到这种情况就是会失去理智的。凉子则站起来破口大骂,指责学长懦弱、没担当。她说,他必须对她负责,否则她就把他炒了,让他永远找不到正经工作——"

"真糟心。"

"凉子站起来,走到妹妹和学长身边,猛推学长的胸口,他往后倒去,后脑勺撞上墙角,不再动弹。妹妹把他抱起来的时候,人已经没气了。妹妹都蒙了,没想到人会这样说死就死。她想跑出去,凉子却抡起房里的热水壶砸了过去,妹妹就这么被砸晕了,不省人事。

"当她醒来时,凉子已经不在了,取而代之的是两个男人,其中一个就是丹波善之助。丹波说:'那就这么办吧,把这两个人处理干净就行。不能让我的宝贝女儿变成杀人犯。'——妹妹还听到他说:'动手前先把她上了,反正是要杀的,不上白不上。'妹妹爬起来跑向门口,但很快就被抓住了,遭到了那两个人的侵犯,而且是在矢崎学长的尸体跟前。

"就在妹妹筋疲力尽的时候,松开她的丹波穿上衣服,想点根烟抽。她看准机会，进行了最后的抵抗。她一把推开丹波，高声呼救，结果挨了好几拳，腹部也被踢了，倒在地上。

"'贱人……'就在丹波咒骂的时候，妹妹闻到一股焦味，转头一看，床下竟然起火了。原来是点着火的打火机掉在地上，引发了火灾。另一个男人说：'糟糕，已经没法扑灭了。'丹波森然地说：'随它去，灭不了火，就用火来消灭证据。无论死多少人，只要是事故，就能摆平。快掐死她——'"

语气阴森。

女人泪如泉涌。那不是悲伤之泪，而是憎恶之泪。

她用平静的声音对乱癸说道："当我和父亲驱车赶到酒店时，火势已经无法控制了。我坐在副驾驶座上，分明感觉到男人的手指陷入自己的喉咙——"

乱癸半晌说不出一句话。

"报警了没有？"

"报了，可他们不当回事。"

"也是，警方肯定不会相信。即使信了，根据目前的法律，这也不能被用作证据。"

"没错。"

"那恶鬼是谁的手笔？"

"是父亲。他是比我厉害得多的通灵者。决定报仇的时候，他就赌上了自己的性命——"

就在这时，乱癸捕捉到了微弱的声响，那是某种气体从门

あやかしのおに
怪 士 之 鬼

缝钻进来的声音。

"咒杀真的好难，父亲为此牺牲了自己的生命。我不忍心看他受苦，就溜进别墅偷丹波父女的头发，想帮他一把。头发是拿到了，但我暴露了行迹，多亏你出手相救——"

微小的响声仍未停歇。

那不是寻常空气的响声。

一股寒意扫过乱奘的后背。

——毒气？

这个念头突然闪过乱奘的脑海。

"快屏住呼吸，开窗！"

"你说什么呢？"

"照我说的，我不会把你怎么样的！"

"我怎么能相信你？"她将刀尖用力地顶在喉咙，几乎要划伤皮肤。

乱奘愈发清晰地捕捉到空气钻进房间的细微声响，骇人的惧意贯穿他的背脊。

"求你了，照我说的做！"乱奘几乎是在惨叫。

说时迟，那时快，女人身子一软，刀落在了地上，女人的身子压了上去。

——可恶！

乱奘屏住呼吸，暗暗咒骂。

他冲过去将人抱起，只见她瞳孔放大，异味扑鼻而来——

因为大小便失禁。

——是神经毒气。

一旦吸入这种气体,自律神经系统就会遭到重创,全身的孔洞流出各种液体,最后一命呜呼。

她的身子扭动着,抽搐着,痉挛着。

她张开抖个不停的嘴,对乱奘呓语。

口水自唇角滴落。

"求你了,把头发……交……给……我父亲……他在——"

她奇迹般地报出完整的地址,随即不再动弹。在生命的最后时刻,她在乱奘身上孤注一掷。因为她信他。

乱奘的手包裹着她纤弱的手。好小的手,乱奘紧紧握住,似是要夺回她不断流失的体温。

泪水自彪形大汉的眼睛夺眶而出。

对不起。

对不起!

乱奘在心中呐喊。

他想大声咆哮,却不能如愿。

何等不甘。

喊得再响,都不可能痛快。

哕,哕……沙门吐出胃里的东西。它居然还活着,不愧是猫又。

乱奘用毯子盖住自己,趴在地上,静静等待。等待放出毒

あやかしのおに
怪 士 之 鬼

气的人进来确认他们死了，并处理尸体。

丹波的人怕是一直在监视乱葵家，而且还周到地备了毒气。丹波不信任乱葵，因为他与那个女人有过接触。

——那老头才是真正的恶鬼。

乱葵咬牙切齿，只想将他钻心剜骨。

"不过丹波老爷子也预料错了一件事，那就是低估了我的能力。"

乱葵心想。

"——等着瞧，我不会死的。"

将近十分钟后，传来了微弱的开门声。门被迅速关上。

然后是脚步声。

来了两个人。

他们打开了离门口最近的房间的窗户。

慢慢地，两人的脚步声近了。

脚步声停在乱葵身侧。

乱葵一声咆哮，站起身来。

反击的耗时不足三秒。

他站起来的时候，两人已然失去平衡。

因为他一边起身，一边用粗木桩似的右脚横扫第一个人的躯干。在其腹部弯折的同时，右拳猛攻对方下巴。

那人来不及发出一声呜咽，便被乱葵打得飞出去，头撞到了后方的墙壁。

但他恐怕是听不见了。

而乱奘的左脚脚尖干净利落地踢中了第二个人的下巴。他身子一抽，向前倒去。

鲜血从他的嘴里喷出，落在地毯上。血里混着白色的东西。是断了的牙齿。

来人是丹波的保镖。

他们肯定不知道自己身上发生了什么。在某家医院的病床上醒来时，他们会发现自己再也无法用下巴咀嚼了。

乱奘把仍在呕吐的沙门放上肩头，走出门去。

丹波杀了那个女人，这意味着他知道她的身份，也查到了她父亲的所在。这位父亲已命悬一线。

乱奘带着凶狠的神情冲进陆地巡洋舰。从未感受过的激愤在腹中熊熊燃烧，烈焰灼人。

内压滚滚，几乎要将他撑爆。乱奘从未见过的黑色怪兽几乎要冲破重重压力，冲上云霄。

陆地巡洋舰的引擎咆哮起来，化作野兽的乱奘驾车疾驰而去，赶往那个女人的父亲藏身的八王子市。

あやかしのおに
怪 士 之 鬼

6

乱奘停好车，把沙门留在车里，步入黑暗。

半夜两点多。

一下车，乱奘便闻到了风中的血腥味。

因为修行仙道，乱奘的嗅觉比常人灵敏十倍，还可以屏住呼吸长达十五分钟，刚才他就是靠这招捡回了小命。不过这也没什么稀奇。在仙道的发源地——中国，甚至有仙人能在水中待半年之久。有记录显示，在明治之前的日本，也有仙人一到夏天便在水里睡上半天的午觉。

不光有人血的气味，还夹杂着动物血的气味。

乱奘撒腿就跑，堪比大型肉食动物。

血液在沸腾。

深山老林，不见民宅。

前方只有一间旧时的烧炭人待过的小屋，那便是女人和她父亲的藏身之处。她父亲决心报仇后，低价甩卖了自家的房子，

暗狩之师

通过熟人租下这间小屋。

在黑暗中狂奔的乱奘注意到有什么东西追了上来。那不是人会弄出的动静。

他停下来诱敌深入,追来的东西自背后发动袭击。

乱奘身子一沉,自下方踹向那东西的腹部。

尖叫声划破黑暗,随即消失。

只听见"咚"的一声,沉重的肉块落地。

是狗。

那条狗袭击了乱奘,而乱奘一脚踹飞了它。

用的是乱奘所谓类似八卦掌雏形的招式。

中国功夫的不少招式与流派都起源于仙人,八卦掌和太极拳也不例外。

很多人都听说过,被称为"忍术"的技艺是通过来自中国的仙人传入日本的。据说,现在台湾地区还有很多从大陆过去的仙道传人,乱奘的招式也是从他们那里学来的。

某种气息自黑暗深处滚滚而来,将乱奘笼罩。

不知不觉中,他已被无数条狗包围。狗见了乱奘竟一声不吭,这着实令人毛骨悚然。它们一齐扑来,乱奘用粗壮的胳膊甩开它们,用脚踹飞它们。一眨眼的工夫,便有几条狗倒地不起。

然而,狗的攻击分外执拗。

仿佛受了某种力量的操控。

あやかしのおに
怪 士 之 鬼

随着战场的逐渐转移，乱奘发现了几条并非死在他手上的狗，以及几具人的尸体。

乱奘身上被狗的獠牙撕开几个口子，鲜血直流。四周灼热如火，疼痛和热气反而让乱奘恍惚起来。他觉得自己正在为没能救回那个女人而遭受惩罚。

乱奘来到一棵树下时，突然有人加入了他的战斗。那人竟是从树顶跳下来的。

他一袭白衣，手持棍棒。

"乱奘先生，我来助你一臂之力——"

来人竟是玄角。

握在他手中的是锡杖。

锡杖的每一次挥舞都能准确放倒一条狗。功夫了得。

乱奘解决掉最后一条狗。

总共有三十多条。

这年头已经看不到这么多野狗了。有些狗甚至戴着项圈。

"结束了。"玄角说道。

"你也在啊。"

听到这话，玄角似乎在黑暗中笑了笑。

"嗯。"

"为什么要过来？"

"因为查到了恶鬼的真身——"玄角的嘴角勾出一抹笑。

肯定是监视乱奘家的人看到了那个女人的长相，将她的身份汇报给了丹波。凭丹波的本事，只要有这点线索，就足以查出她父亲的所在。

"你好像不是来劝我罢手的。"

"我接到的命令是'杀了他'，结果刚到这儿就被野狗袭击了。同行的都被干掉了，只剩我一个，只能逃到树上，苟延残喘。好在你来了，我也得救了。"

玄角用"わたし [1]"称呼自己，听着略有些古怪。

"你知不知道我经历了什么？"

"不知道。"玄角如此回答，看来是真的一无所知。

"我决定跟丹波对着干。"乱奘低声撂下这句话。

"对着干？"

乱奘简要讲述了之前发生的种种。

"哦……"

"如果你要杀那个女人的父亲，我就得跟你打一架了。"杀气瞬间凝聚在乱奘的全身。

等量的杀气也充满了玄角的身体，却又突然消失。

"算了吧，我可不觉得自己有胜算。"

"那就拿不到丹波老爷子的钱了。"

"没关系，和你交个朋友好像更有趣一点。"他爽朗地笑了。

好一个妙人。

---

[1] わたし是偏女性的自称。

あやかしのおに
怪 士 之 鬼

"那就没辙了。"乱癸说道。

杀气同样从他体内消失。

"啊?"玄角一脸莫名。

"片刻前,我还火冒三丈,气到跟你打一场也无所谓。"

"这话说得可真吓人。"

"你却说无意与我交手,听得我神清气爽,也不想跟你打了。事已至此,只能相信你的说辞了。如果你打算先哄住我,再找机会下手,搞不好真能成。"

"你的意思是——真死在我手上也没辙?"

"没错。"乱癸挠了挠头,抬头望天。

他意识到自己此刻异常清醒。清醒归清醒,却有一股冰冷的愤怒留在胃里,好似肿瘤。

——丹波不可饶恕。

只剩这个念头。

无论如何,都要干掉丹波。这是乱癸第一次对他人萌生杀意。

不过,有一个人比谁都有权利杀死丹波。

"要不要一起去?"说着,乱癸迈开步子。

玄角紧随其后。

——几分钟后。

两人来到烧炭小屋前,屋里瘴气滚滚,里面的人肯定已经察觉到了乱癸他们的靠近。

小屋包藏着诡异的沉默。

盘踞着随时都有可能爆发的能量。

乱奘冲着小屋喊道："我不是你的敌人！我带来了你想要的东西。"

无人回答。

他让玄角退避，迅速拉开木门。

就在这时。

轰！

一团骇人的气伴随着轰鸣砸向乱奘的全身，乱奘痛到仿佛体内的每一个细胞都暴露在滚烫的空气中。

如果乱奘不会"发劲"，怕是会跟那晚的玄角一个下场。

所谓"发劲"，就是瞬间释出体内的气。

即便如此，还是无法掩盖气的爆发是何等剧烈，乱奘壮硕的身躯被几乎拥有实体的压力顶得大幅后仰。

爆炸平息后，小屋内寂静无声，仿佛什么都没有发生过。那是一种空洞的死寂，不同于先前的沉默。

乱奘缓缓进屋。

小屋土间[1]的正中央有什么东西。

乱奘点亮打火机。

小屋内有最基本的生活用品。睡袋、饭碗和收音机摆放整

---

[1] 室内未铺设地板的区域，可不脱鞋行走其上。

齐，浮现在火光中。

它坐在小屋中央。

起初，它看起来像个孩童大小的木偶。但它并不是木偶。

"木乃伊"应该是最贴切的叫法。那是一个人，而且片刻前还活着。

那正是恶鬼的本体，也是那个女人的父亲面目全非的模样。

"他赌上了自己的性命。"

乱㮹想起了那个女人的话。

眼前这个男人确实赌上了自己的性命。

"用了死反魂之法？"身后响起玄角的声音。

死反魂——这是一种通过消耗自身的肉体与生命实施的咒法。将身体逼到死亡的边缘，将自己感受到的饥饿和痛苦全部注入咒法。在此过程中，他恐怕只喝了一丁点水。

原来是这样……乱㮹心想。

那个女人看着父亲一天比一天虚弱，担心他在大愿得偿之前死去。父亲死了，仇人却活着——还有什么更能让这对父女不甘呢？

父亲的衰弱令她产生了危机感，不惜冒险偷来头发。因为如此一来，便能加速仇人的死亡。

如今，女儿死了，父亲也死在了这里。

惊涛骇浪般的愤怒贯穿乱㮹的全身。

"就在刚才，你女儿也死了。"乱㮹喃喃自语。

岂有此理。

他心想："我必须替他干掉丹波。干掉另一个恶鬼。"

这时，玄角低声说道："快看！"

他指着父亲干枯的脸。

抬眼望去，父亲瞪大的双眼竟流出一滴模糊难辨的泪。也许他听到了乱获的声音，得知了女儿的死讯。

"还活着？"乱获问道。

他将手掌放上父亲干瘪的身体，注入全身上下的气。

"我也帮一把。"玄角站在乱获身边，同样将手放在父亲身上。

"这是丹波父女的头发。"乱获将手帕包裹的头发放在化作"木乃伊"的父亲身上。那具身子微微一晃，只见"木乃伊"站了起来，嘎吱作响。它抬起头，那张脸分明就是那晚窗外的恶鬼。

说时迟，那时快，"木乃伊"的身体膨胀起来，全身笼罩在炫目的磷光之下。"木乃伊"化作发光的恶鬼。

它放声大笑，笑得那样开心。磷光愈发膨胀，如爆炸一般耀眼。

巨大的光团中钻出木乃伊，化作一道火柱，冲破屋顶，升入空中。

磷光中发出响亮的笑声，在半空中停顿片刻，然后在黑暗中逐渐凝结，呈现出恶鬼的形态。

あやかしのおに
怪 士 之 鬼

恶鬼身披朦胧的磷光外衣，发疯似的舞动，欣喜若狂。

突然，它停了。

随即以雷霆之势冲向西边的天空。

西边正是丹波善之助的别墅所在的方向。

在那一刹那，乱荚看到发光的巨大恶鬼奔驰于天际。

光芒淡出视野时，乱荚和玄角的脚边只剩一具干瘪的小木乃伊，别无他物。

蛟

みずち

闇狩り師

她闭上了眼睛,眼角渗出泪水,只觉得在场的所有人都是禽兽。

蛟子

有女子,渚次浣衣,觉身中有异,复不以为患,遂妊身。生三物,皆如鲩鱼。女以己所生,甚怜异之。乃著澡盘水中养之。经三月,此物遂大,乃是蛟子。

有一个女子,到江中的小岛上洗衣服,感觉自己的肚腹中有些异常,又不认为是疾病,于是这个女子就怀了身孕。生下来三个东西,全都像鲇鱼一样。这个女子认为是自己所生的,对它们非常怜惜,就放在浴盆的水中喂养。过了三个月,它们逐渐长大,原来是蛟子。

——《搜神后记》[1]

---

[1] 查得到原文,故直接引用,第一句稍做补全,以保证连贯性,配现代汉语译文。下同。

みずち
蛟

1

风中有股异味。

凉丝丝的夜气中混有淡淡的甜腥味,微弱到常人注意不到。

是血腥味。

九十九乱桨停下脚步。

——涩谷。

离道玄坂略有些距离的街道。

午夜零点将至。

但街上并非人影全无。道玄坂周边有霓虹灯火,也有人来人往,只是不及"不夜城"新宿罢了。不过即便如此,这条街上也只有零星数人,多是喝醉的上班族。

乱桨的眸子紧盯右前方的小巷入口。那是两座不算高大的建筑物之间的狭窄缝隙,说"小巷"都算抬举它。

那便是异味的来源。

一个醉汉自前方而来,走到静止不动的乱桨跟前几米处,随即慌忙转身，快步走远。他喝得再酩酊大醉，也瞧得出眼前之人非比寻常。

乱奘的个子大得出奇。

身高两米左右。却并非徒有身高的瘦竹竿，实现了完美的平衡。他有着千锤百炼的肉体，胸膛的厚度远超普通人的肩宽。光是往那儿一站，便如巨岩般令人生畏。

明明是十一月初的深夜，乱奘却丝毫未将寒冷放在眼里。牛仔裤配短袖T恤。裸露的胳膊异常粗壮，上臂最壮实的部分和娇小女性的腰一般粗。

裹住双腿的牛仔裤布料绷得极紧，随时都有可能被撑破。

漆黑的小兽坐在乱奘隆起的粗壮肩膀上，那是一只美丽的黑猫，乱奘叫它"沙门"。它纯黑的皮毛带有某种独特的妖艳光泽。

它的块头与出生一个多月的小猫差不多，却已是成体，也不见幼兽的羸弱。沙门的眼睛和乱奘一样，锁定建筑之间的缝隙。金绿色的眸子里仿佛燃起了苍蓝的火焰。

"呃……"

沙门的喉咙发出轻微的声响。

它一定是和乱奘一样闻到了血腥味。

乱奘沉重的身躯以轻盈得惊人的动作朝小巷移动，他的体重足有一百四十五公斤，却让人丝毫觉察不到。举手投足柔韧至极，仿佛猫科的大型肉食动物。

みずち
蛟

来到小巷入口时，乱荚闻到了更明显的血腥味。新鲜的、几乎还冒着热气的血腥味。

他的眼睛在肆意纠缠的乌发下微微闪烁。

那条小巷是死胡同。

另一头是建设新楼的工地，建材堆成小山，挡住了出口。

小巷最深处蹲着个黑色的阴森东西，仿佛是从城市的夜幕深处吹来的黑暗盘踞于此。

路灯的灯光漏进来几缕，但不足以让人看清黑影的真身。

除了血腥味，乱荚还察觉到了明显的妖气。那感觉就像是只有这小巷的狭窄空间带了电，散发着淡得肉眼看不到的磷光。

妖气来自黑影。

却不是冲着乱荚来的，更像是自黑影内部自然渗出的腐臭。

在乱荚走进小巷的那一刻，妖气突然如固体般凝结。

它发现了乱荚的到来。

说时迟，那时快，妖气自黑暗深处向乱荚涌来，一如熊熊燃烧的烈焰。

换作常人，一定会背脊发凉，起一身鸡皮疙瘩。然而浮上乱荚唇角的却不是恐惧，而是狂野的笑。

沙门的毛发根根竖起。

忽然，黑影在暗夜中幽幽浮起——黑影站了起来，随即猛冲向乱荚，宛若飓风。

加速膨胀的妖气如爆炸的冲击波一般涌来。

破！

乱奘右掌前推，左手抓住右腕，呼出无声的气。

在两股气相撞的瞬间，黑影跃入空中。动作如此之快，以至让人产生黑影瞬间从眼前消失的错觉。

但乱奘的眼睛精确地捕捉到了它的动作。

黑影静止于乱奘头顶。

那是个黑衣人。

他用手脚撑住两边的楼房墙壁，将身体固定在空中。他竟跳到了离乱奘头顶一米远——也就是离地三米的地方，而且停在了半空。常人绝不会有这样的本事。

浅黑的鹅蛋脸毫无表情地俯视着乱奘。嘴唇周围闪着湿润的红光。

是血。

但两人的互瞪只持续了片刻而已。

只见那人吐出一口血腥到可怕的，混着妖气的气息，咧嘴笑了。血迹斑斑的白色牙齿之后，分明是蠢蠢蠕动的血色舌头。

他直接往上爬，当他一手够到屋顶边缘时，便一下子融入了黑暗。

"林子大了，什么鸟都有……"乱奘喃喃着走向小巷深处。

那里躺着一具男性尸体。

"真不像话——"乱奘第一次皱起眉头。

死者的喉咙被整个剜去，脸朝下倒在血泊中。再靠近一步，

みずち
蛟

鞋便会沾到血。

仅剩的脸颊肉上,齿痕清晰可见。好一幕令人作呕的景象。

"原来是在进食……"乱葵吐了口唾沫,以净化黏腻的口腔。

2

直到第二天傍晚，乱奘才知道死者的名字。

送上门的晚报刊登了相关报道。

死者名叫佐川铁雄，今年三十八岁，是涩谷的洗浴中心"甘野老"的老板。死因为喉咙的伤口出血过多。死者裤子拉链大开，警方在其中发现了被扯断的生殖器，属于佐川本人。据估算，死亡时间是昨晚十一点到十二点之间。

接到报警电话后，赶到现场的两名警官发现了尸体。

报警者的姓名和住址不详。警方只知道那人用男性的嗓音简单描述了自己目击的情况，说完就挂断了。

报道进一步描述了尸体的惨状，还附上了洗浴中心员工的证词。所有人都表示毫无头绪。

据说，案发当晚，佐川在现场附近的"绘里花"酒吧喝酒。"绘里花"是佐川经常用来招待客户的酒吧，一个人也会去，至少每周一次。

みずち
蛟

那晚，佐川独自前往"绘里花"，待了大约两小时后离开。警方认为，他几乎是前脚刚出门，后脚就遇害了。

警方在楼顶发现了与被害者同血型的血迹，证实了报警者描述的凶手逃跑路线。凶手从楼顶跳到高度差五米、水平距离八米的隔壁大楼，然后便没了踪迹。

案情极不寻常。

警方一头雾水。因为凶手的"轮廓"太不明朗了。如果全盘相信报警者的说法和现场留下的证据，那就不得不说凶手的表现与常人相距甚远。也不清楚报警者是不是与本案无关的第三者。也许是精神病患者的无差别行凶，也许是利益关系或男女关系引发的凶案，反正警方正从这两条线开展调查。

报道的最后如此呼吁："希望当晚打电话报警的人尽快与警方或本报联系，有关部门会保护其隐私。"

乱获放下报纸，面色凝重。

报警的正是他。

没有表明身份本是为了避免麻烦，没想到反而招来了更大的麻烦。也许规规矩矩地报上姓名，或者干脆不报警，才是更明智的选择。反正无论如何，第二天早上都会有人发现尸体。

乱获想起了昨晚那个散发出瘆人之气的黑影。

那种气显然不同于人气，分明是妖气。而且与寻常杂鬼或魍释放的妖气不在一个层面。苦修多年的修验者或密教僧人也许能有同样的气力，但道行不够的密教僧人绝不是它的对手。

暗狩之师

在接触到乱迸发射的气的那一刹那,黑影便以令人难以置信的速度跳到了半空。它的动作更接近兽,而非人。

——还没完。

他预感自己迟早会卷入此事,无论愿意与否。

而他的预感从未出过错。

不到十天,又发生了两起案件。

第二名受害者是个叫高野的小流氓,隶属宇田川帮,总部设在品川。

案发当晚,高野开车把宇田川帮的干部矢岛洋介送回自家公寓。车是矢岛名下的福特野马。因为矢岛喝了酒,就让高野代开。高野把矢岛送到公寓门口,然后前往地下停车场停车。他本该立即带着车钥匙来矢岛家,左等右等却不见人影,十五分钟后,矢岛起了疑心,下到停车场一看,竟发现了高野浑身是血的尸体。他的喉咙也被剜去了,还被咬下了几块肉。

四天后,又出事了。

第三名受害者是女性。

死者名叫西村加代子,三十二岁,在六本木开了一家叫"莲华"的俱乐部,是出了名的美女妈妈桑。

加代子平时都会在营业前来店里,当晚却是开门了一个小时还不见人。打电话到她家,却一直占线。大伙又等了两个小时,每隔十分钟打一次电话,愣是没打通。大伙越想越觉得不对劲,酒保便拿了放在店里的备用钥匙找上门去,于是发现了她的尸体。阳台的窗户是开着的。加代子家在八楼的尽头，消防通道离阳台有四米远。即便不考虑高度，这也不是能轻易跳过去的距离。

加代子一丝不挂，瞪着被移开的电话听筒。曾经美丽的容颜被骇人的神情取代。没有性侵的痕迹，但双乳和生殖器都不见了。伤口有牙印，或许是被咬下的。

三天后，乱髪家的电话响了。

拿起听筒后，对面沉默片刻，随即响起细弱的女声，语气战战兢兢。

"请问是九十九乱髪先生吗？"

乱髪回答说"是"。

"您就是吗？"对方轻声确认。

"对。"

乱髪话音刚落，便感觉到电话那头的女人松了口气。

"你是？"乱髪问道。

女人沉默了。

"不想说？"

"对不起……"女人抱歉地说道。

"没关系，找我什么事？"

"乱髪先生，您听说过'蛟'吗？"

"蛟？"

"对。"

"虫字旁，交通的交？"

"是的。"

"听是听过——"

在回答的同时，乱奘感到一丝惊讶。

"蛟"是中国古代文献偶尔提及的一种灵蛇。那不是普通的蛇，有脚和角。这个概念也传入了日本。

但这个名字，却不是谁都知道的。

"求您了，"对方似是一吐压抑已久的苦恼，"帮帮我吧！帮帮我弟弟吧！"

みずち
蛟

3

——那个女人仍未现身。

下午两点半。距离约定的时间已过去三十分钟。

第二杯咖啡被送到乱奘面前。

这里是町田市内的咖啡厅。今天早上给他打电话的女人指定了这个碰面地点。

她叫礼子。约好见面时间之后，她没有告知姓氏，只报了名字。

乱奘喝完第二杯咖啡时，礼子终于来了。

身披大衣的女人走进店里，来到乱奘身侧，显得畏畏缩缩。

"你来找我。我块头大，好认。"

因为乱奘在电话里如此嘱咐。

"我是礼子。"那个女人——礼子用紧张的声音说道。

她是个身材苗条的鹅蛋脸美女。皮肤透亮，化了淡妆，颇合乱奘的口味。礼子的嘴唇紧抿着，形成楚楚可人的纹路。

二十五六岁的模样。

"对不起,我迟到了……"礼子在乱奘对面坐下,如此说道。

"迷路了吧?"乱奘低声问道。

"嗯。"白皙的下巴微微一点。

声音比电话里平静多了,许是打定了主意。

"呵呵……"乱奘打量着礼子,粗犷的嘴唇忽然勾起狂野的笑。

"怎么了……?"礼子不解地问。

"没什么——"乱奘挠了挠头,"就是有点惊讶,还好我预料错了。"

"……"

"没想到你这么漂亮。"

礼子脸颊泛红。

"你是从谁那里听说我的?"乱奘向紧张情绪稍有缓解的礼子发问。

"井上先生。"

乱奘对这个名字还有印象。几年前,他帮那个叫井上的人解决了附身作祟的鬼怪。

"找我什么事?"

"我弟弟……"话没说完,礼子便住口了。

因为她发现乱奘的目光飘向了她身后。

"有没有人跟踪你?"

"……"

"我说的是和你一起进来的那三个人。他们好像对我们很感兴趣。"

三个戴墨镜的人坐在门口附近,一看就是道上的。他们所在的座位周围充满了某种独特的暴力气场。

礼子转身看了一眼,回过头时,神情已和方才判若两人。面容因惊恐而扭曲,苍白到毫无血色。

"他们什么来头?"

礼子僵硬的嘴唇瑟瑟发抖,却没有回答乱荚。

"走吧。"乱荚突然起身。

他扶起僵着不动的礼子,把人护在怀里。从那群人身边走过时,乱荚感到怀里的礼子明显抖了一下。

三人毫不掩饰地打量他们,视线如针。

乱荚带人坐进陆地巡洋舰的同时,他们也出来了。

"啧。"

他听到男子之一咂嘴。

"找车!"

只见他们一边跑,一边扫视停在附近的车内驾驶座。肯定是在找还插着钥匙的车。

乱荚盯着他们,同时倒车开上马路。

3168cc 的柴油发动机发出了沉重的轰鸣。

"追来了,是辆花冠。"乱荚看着后视镜说道。

"怎么办？"他踩着油门问道，"把车停到警局门口？"

礼子的身子一颤。

"不行，不能找警察。"她用沙哑的声音回答。

"那群人什么来头？"

面对同样的问题，礼子仍然闭口不言。

"算了，直接问他们好了。"

天不怕地不怕的笑浮现在乱奘嘴边。他显然乐在其中。

陆地巡洋舰驶向桥本方向。花冠紧随其后。

开了二十多分钟后，乱奘突然往左打方向盘，从柏油路开上碎石路。

"开去哪儿？"

"放心，不会拉你进汽车旅馆的。"

陆地巡洋舰开始上坡，进入一条通往深山的森林公路。这条路通往东京西部的丹泽山脉。乱奘是故意往没人的地方开。

"这是要干什么？"

礼子发话的时候，陆地巡洋舰的轮胎猛抓地面，停了下来。

"和他们谈谈。谈妥之前，帮忙照顾一下我家的猫。"

听到这话，礼子才注意到蜷缩在脚边的黑猫。

乱奘下车后不久，便有三个人走出停在后方不远处的花冠。看到如此高大壮硕的人走出陆地巡洋舰，他们再次露出惊讶的神色。

"胆子不小啊，特地跑来这种地方，"留着小胡子的男人说道,"把人交出来。"

"想得美。"乱奘一边说着,一边随意地走上前去。对手太好对付,叫人扫兴。

"混账,你说什么?"

"老规矩,打一架,赢家带人走。"乱奘没有放慢脚步。

徐徐靠近的乱奘定是让他们毛骨悚然。

男子之一从内袋掏出一把匕首。

"混账!"

几乎在同一时间,三人朝他冲来。

攻击是如此粗糙,乱奘甚至不需要躲。胜负瞬间见分晓。两人捂着右手腕,不住地呻吟。乱奘什么都没干,只怪他们赤手空拳打了乱奘,手腕当场骨折——用未经训练的拳头击打硬物,这就是必然的结局。

拿着匕首的男人则是手臂被反扣,发出可怜的惨叫。

"不能欺负女人。"乱奘凶神恶煞道。

他的威慑力惊人。其实他这语气有一半是演出来的,对方却已完全失去斗志。

"你们是什么来头?"乱奘如此发问。

对方却闭口不答。

"那就没辙了。"

乱奘更加用力地反扣那人的手腕,食指和拇指分别按住手掌和手背,夹住。

那人顿时发出女人似的尖叫。

"这个穴位可是很疼的。"

尖叫声戛然而止,那人喘着粗气,嘴巴像缺氧的鱼似的,一张一合,大概是痛得无法呼吸了。乱奘一松手,他便一头撞在陆地巡洋舰的车尾,倒地不起,肩膀一起一伏。

乱奘将夺来的匕首抛向空中,等匕首在空中转了几圈落下后,再用两根指头夹住,然后再次抛起。

"找她干什么?"

三个人都被打服了。

"她……她是矢岛哥的女人。"小胡子回答。

"矢岛?"

"我们是宇田川帮的。"

"哦……"

那起案件的第二名受害者就是宇田川帮中一个姓高野的小流氓。而且他就死在小胡子提到的"矢岛"家的停车场。

警方已通过调查得知,最先遇害的佐川和第三个遇害的西村加代子都与宇田川帮有关。

"一个月前,那个女人从矢岛哥那儿跑了。三天前——就是加代姐出事那天,矢岛哥把大伙召集起来,让我们去找她弟弟。礼子和她弟弟,找到哪个都行。矢岛哥说,他们肯定还在东京——"

小胡子用手背擦去积在嘴角的唾沫。细细打量,那张脸好像也才二十出头。

"结果我们今天在新宿站看见了礼子,就跟过来了。"

"矢岛还说了什么?"

"无论找到的是礼子还是她弟弟,都要悄悄地把人带回帮里。带不回来就跟着,查清人住哪儿……"

"就没说别的?"

"没。"方才被乱奘反扣手臂的男人没好气地回答。

"真的?"

"真的。"

"矢岛为什么要找礼子和她弟弟?"

"谁知道。大概跟高野和加代姐的死有关,但他不会跟我们说这么详细的——"语气里透着竭尽全力的倔强。

4

乱癸绷着脸发动陆地巡洋舰。

车缓缓驶动。

在开回柏油路之前的十多分钟里,两人一言不发。

轮胎开始抓住沥青路面时,礼子才开口道:"我都听见了。"

她似是死了心:"看来得一五一十地告诉你……"

"嗯。"乱癸如此回答。

双眼直视前方。

"我叫绫部礼子。我弟弟叫满,他今年二十三岁,比我小三岁——"绫部礼子把沙门放在膝头,自言自语似的讲述起来。

礼子和满都出生于宫崎县日向市的农户家里。

母亲叫阿稻。父亲绫部竹男年轻时便迷上了修验道。他没有系统地学习过,全靠自学。从阅读书籍和古代文献起步,后来则开始以自己的方式模仿修验僧进山苦行。

他进过祖母山、倾山和高千穗的山岳,还瞒着家里人备齐了头巾、贝绪、金刚杖等十二种道具。

满上小学后,他修行得愈发起劲,时常在深山闭关,按自己的法子修行虚空藏求闻持法什么的,一上山就是几十天杳无音信。有好几次,他倒在山里,最后是被猎人救回来的,到家时,已是奄奄一息。

总之,这位父亲的性情不太正常。

不过,他好歹能对付简单的狐妖,也有几个追随者常伴左右。

由于他不管家里的农活,母亲阿稻吃尽了苦头。

竹男死前正在修辟谷之术。他发愿七日不进食,咏唱真言进了山。当然,用的是自己的法子。见他过了八天都不回来,阿稻进山去找,发现了他的尸体。尸体边上有一条死蛇。蛇没有头,而竹男嘴边沾着血。

村人说,饥肠辘辘的竹男咬下了蛇头,因为吸食蛇血而死。

一年后的四月,母亲阿稻因劳累过度而去世。当时满才上初一,礼子念高一。

姐弟俩只得投靠叔叔。但他们和叔叔相处得并不愉快,问题出在父亲竹男身上。叔叔借了很多钱给他,他却死了,而叔叔还得照顾他留下的两个孩子。

叔叔看他们的眼神都带着仇怨。

礼子高中一毕业便扔下弟弟,离家出走,再也没回过日向。甚至没给弟弟写过一封信。

五年后，姐弟二人终于在东京重逢。

地点是佐川开的洗浴中心，位于涩谷的"甘野老"。

满是顾客，礼子是小姐。

当时，礼子跟了矢岛。矢岛把礼子卖给了佐川，却还让她赚钱供自己吃喝玩乐。

满考进了一所东京的私立大学，一年后辍学，又在朋友家辗转了一年。来到东京后，满开始阅读密教、修验道方面的书籍，或许是受了父亲的影响。

听到这里，礼子便感受到了潜藏在血液深处的阴邪。

见面后，两人都以自己的处境为耻。礼子也想彻底摆脱矢岛和佐川，却苦于没有办法。逃出去又如何，随之而来的报复更可怕。

两人找矢岛和佐川谈了谈。

"拿钱来，"矢岛表示，"和别的男人跑了也就罢了，你是礼子的弟弟，我面子上也过得去。钱给到位，我就答应你们。"

"要多少？"满问。

"一百万。给一百万，我就放礼子走。"

说着，矢岛拍了拍满的肩膀。

一年后，满带着一百万再次现身。也不知道他是怎么搞到那么多钱的，面容和体格都精悍了许多。

事情发生在矢岛家。矢岛、佐川和礼子都在。还有个美女——矢岛的女人西村加代子。矢岛用礼子的血汗钱赞助加代子开了"莲华"。

矢岛把满拿来的钱塞进口袋,说:"再来一百万。"

"岂有此理!"

话音刚落,矢岛的拳头命中满的脸颊。

"蠢货,一百万是去年的价。这都过去一年了,当然要涨价。女人的价钱要翻倍。"

满扑向矢岛,却被矢岛和佐川打得遍体鳞伤。矢岛扒了姐弟俩的衣服,说道:"你们去年不是想来一发吗?不如在这儿再续前缘吧。"

"赶紧的!"佐川亢奋地说道。

矢岛也红着脸脱了衣服。

一丝不挂。

"你也脱——"矢岛对加代子下令。

眼里浮现血色。

他伸手去扒加代子的衣服。

加代子起初还挣扎了几下,但很快就主动脱了起来。

雪白的身子,肤若凝脂,丰满诱人。

男人们的亢奋传染了加代子。

她湿润发红的眸子凝视着矢岛胯下。

两腿之间的东西已微微立起。

加代子跪在矢岛跟前。

矢岛的喉咙深处配合她的每一次动作都发出轻轻的呻吟。

"你们看清楚了,要这么玩。"

说着,矢岛抓住加代子的头发,把她的脸从胯下拉开。

再把人翻过来,介入白皙的双腿之间。

光是被男人凝视,就让她亢奋不已。

诡异的亢奋笼罩着在场的所有人。

女人皱眉娇喘。

两人的动作愈发疯狂,同时到达顶点。

唇间漏出欢愉凝结而成的媚声。

与矢岛完事的加代子向满伸出了手。佐川将针头扎进了满的手臂。针筒里装了不明药物。脱了衣服的佐川扑向礼子。

他的下体也涂抹了同样的药物。

交合时通过自身黏膜吸收药物的女人会因为异乎寻常的快感满地打滚。数倍于平时的快感贯穿全身,禁不住一次又一次重复。

男人也一样。

打了药物的男人很难勃起,但勃起了就很持久,持久到令人难以置信的地步。

男人和女人都为非凡的快感翻滚。

涂有药物的东西进入礼子。

不远处,加代子跨坐在她弟弟身上。

礼子喊出了声。

那是难以忍受的惊恐与快感催发的喊声。

みずち
蛟

滚滚而来的快感让她忘我地扭动。

不知不觉中，已经换了人。

意识到身上是谁的时候，礼子浑身颤抖。

弟弟满的脸，近在眼前。

矢岛、佐川和加代子都在笑。

地狱也不过如此。

"禽兽！"

礼子大喊。但她不知道自己喊出了声，还是只在心里喊了出来。身体在热浪中翻滚，对满的动作做出反应。抬起臀部，闭上眼睛，双手环住弟弟的身体。

她闭上了眼睛，眼角渗出泪水，只觉得在场的所有人都是禽兽。矢岛、佐川、加代子、满和自己，无一例外。

之后的两年，满杳无音信。

一个月前，判若两人的满再次以顾客的身份出现在礼子面前。他瘦了，却比先前精悍得多，浑身上下都散发出晃眼的精气。阴森骇人的气场化作妖气，缠上他的肉体。

满用强硬的手段带走了礼子。相当于赖账私逃。一旦被抓，后果不堪设想。

满带礼子来到赤羽的公寓房。公寓看着很是高档。

"这是我的房子，是我搞来的。"满说道。

"你这些年都在干什么？"礼子问道。

"我修了'蛟'。"满回答。

"蛟？"

"嗯，老爸没修成，死了，但我不一样。"他龇着牙说道。

满对过去两年的解释仅此而已。

然后，惨剧便上演了。

他只回来过一次，在第一起案件发生的那个夜晚。

之后发生的种种，让礼子确信弟弟就是凶手。死在停车场的高野恐怕是矢岛的替死鬼。满的复仇拉开了帷幕。

礼子心想，那不是满。

弟弟肯定是被什么东西附身了。无论如何都要救他。

这时，她想起"甘野老"的一位顾客提过的"九十九乱奘"，说是那人帮忙驱除了缠身的邪物。

她靠名字查到了乱奘的电话号码，打了过去。由于害怕矢岛和他的手下，她把见面地点定在了町田。

而从赤羽赶去町田的路上，礼子在新宿被矢岛手下的小流氓撞见了。

"你弟弟说他修了'蛟'？"乱奘脸色一沉。

"对。"礼子点了点头。

礼子肤若白瓷。

很难想象这具身体有过那般坎坷的经历。从表面上看，似乎全无痕迹。

不过，现在可不是感叹女人这种生物的恢复力的时候。一个"蛟"字，沉甸甸地压在乱奘心头。

"修了蛟"这句话的意思显然是他行了"蛟法"。

"蛟法"是一种口口相传的邪行。照理说,应该没有任何书面记录。

乱獎第一次听说"蛟法",是在中国台湾修仙的时候。

简而言之,"蛟法"是一种吃蛇的修行。

最要命的是,这种修行没有尽头。必须持续吃蛇,直到蛇灵附体。

走这条路的人不是疯了,就是死了。乱獎从未听说过有人修成正果。

而礼子的弟弟就修了这种"蛟法"。而且花了足足两年。

"如果你说的属实……"乱獎停顿片刻,呼出一口浊气,"满可能没救了。"

"……"

他能听见礼子倒吸一口冷气。

"他杀过人,吃过人肉。虽说死的是宇田川帮的成员,但高野与他的复仇无关。也许复仇只是借口,他是在享受杀人的过程——"

"怎么会……"

"他吃佐川的肉时,刚好被我撞见了。那时,我看到的东西已经算不上人了……"

开到赤羽的礼子家时,已是夜里。

房子在七楼。

停车场设在屋顶。乱奘用汽车升降机把车送上屋顶,然后进了礼子家。

家具摆设看起来价值不菲,却透着空虚感。因为房里没有一丝生活的气息。

礼子拿起送上门的晚报,随即轻声惊叫。手一松,报纸落地。

"怎么了?"乱奘捡起报纸一看,沉吟道,"动手了。"

他咬住嘴唇。

报纸头版分明印着关于第四、第五名受害者的报道。

今天上午,一位二十八岁的母亲和她三岁的孩子陈尸于自家附近的空地,死状惨不忍睹。

"该死!"

莫名的乌黑怒火在乱奘体内隆隆升起。激烈的悔恨疯狂折磨着他巨大的身躯。

——那晚怎么就没追上去呢?

乱奘咬牙切齿。

他默默地把报纸放在桌上,走出礼子家。

开着陆地巡洋舰离开公寓。

快开到通往东京的第一个弯道时,那东西突然袭来。

骇人的妖气。

妖气如暴雨般冲袭乱奘。

他猛踩刹车,把车停下。

瞬间的妖气却已消失,仿佛什么都没有发生过。

乱奘走下车,站住。

浑身释出火舌般摇曳的气。

微风习习。

五米之外的前方,是他方才打算右转的小巷。转角处有一座大宅,小巷贴着大宅的围墙。由于围墙的存在,他无法看到转角后的情况。

有人潜伏在转角之后。

就是它将妖气砸向乱奘。

当乱奘的气触及转角时,对方缓缓一动。随即,似腐臭的妖气从转角后的黑暗中滚滚传来。

"离她远点……"低吟似的声音乘着妖气而来。

"满!"乱奘吼道。

说时迟,那时快,妖气忽然消失。

乱奘转过街角时,已是空无一人。

走到脚边的沙门仰望乱奘,轻唤一声。

5

回家路上，乱奘把车停进碰巧看到的一家餐馆的停车场。

他饿了。从中午到现在，他就没吃过东西。

塞了五块五分熟的牛排下肚，又干掉三份沙拉。

乱奘走出餐厅，正要上车，沙门却冲着车后门尖叫。

乱奘顺着叫声望去，顿感脊背发凉。

"……这是！"

门下分明贴着一小块金属。竟是个微型信号发射器。

"糟糕。"

乱奘一把将其扯下。发射器靠磁力吸附在含有铁的金属上。

是那个时候吧……他心想。他想起跟踪礼子的其中一人倒下时，撞到了陆地巡洋舰的车尾。就是被乱奘反扣手臂的那个人。

他不得不匆匆折回。

如果矢岛动了真格，甚至不惜给手下发这种设备，那就意味着礼子家的位置十有八九已经暴露了。

不，就算矢岛此刻正站在礼子家门口，也不足为奇。

6

礼子倒地不起。四个男人站在她跟前。

其中之一正是矢岛。另外三个都是宇田川帮的精锐，个个身手不凡，还都有杀人的经验，眼里透着镇定，远比扯着嗓门威吓的家伙更可怕。

"满在哪里？"矢岛用油腻的声音细语，"加代子那贱人在出事的两天前见过满，她说，出门的时候，看见他躲在一辆停着的车后面盯着自己，一眨眼就不见了。但加代子很肯定那就是满。虽然样貌和神态大不一样了，但绝对没认错——"

他试图让语气尽可能地显得温和，声音却自然而然地发抖。

"我起初也觉得她看走眼了。但事情到了这个地步，我是真的相信加代子没认错。"

语调高了几分。

"是满干的！不是他，就是你。你们咬死了佐川，扯断了他的命根子，还啃下了加代子的奶子！"他吼道。

"我什么都不知道。"

礼子话音刚落,矢岛的皮鞋顶端就陷入了她的脸颊。

礼子脸上布满淤伤,血迹斑斑。

音响开得震耳欲聋,以防闲杂人等听到屋里的动静。

"你知道的吧,知道这群人是干什么的吧?杀个人对他们来说根本不算什么。我完全可以把你交到他们手里——"

矢岛说到这里时,令人毛骨悚然的声音骤然响起。

"喵……"

是猫叫。

矢岛抬头望向天花板,顿时大惊失色。

只见一只猫站在天花板上。那是一只黑猫,漆黑的猫。只见它以倒立的姿态在天花板上慢慢行走。走到中央时,它抬起头,用金绿色眸子俯视矢岛,目不转睛。

"这……这猫是什么鬼东西?"矢岛喊道。

就在这时,卧室的门悄然开启,巨大的人影滑了进来。

是乱夔。

三名精锐迸发杀气,同时向乱夔发起攻击。毫无疑问,那是暴力专家才会有的动作。他们正以惊人的速度向乱夔袭来。

而乱夔用自己的身体接下了所有的攻击。换作普通人,怕是死上三回都不够。他只护住了眼睛、下体和喉咙等要害。

狰狞的笑浮现在脸上。

三人愣了一下。乱夔趁机使出强有力的回旋踢。没有任何技巧，全靠蛮力，靠压倒性的力量。

两人瞬间被踹飞。

而乱菝的拳头狠狠地砸在另一人的心口。在他即将倒下时，乱菝身子一沉，用左手扶住他，同时用右手抱起地上的礼子。

一切发生在转瞬之间，但矢岛有足够的时间拔枪。

枪声响起。

子弹打入乱菝扶着的那个人的背部。

乱菝将那具身体推向矢岛，抱着礼子迅速滚进卧室。

抬脚一踹，把门关上。门已是上锁的状态。

"你他妈是谁！"门后的矢岛吼道。

"九十九乱菝——"

"什么？"

"吊车尾仙人一个。"

"少他妈胡扯，混账！"

激烈的砸门声传来。

"乱菝先生，你怎么来了？"礼子总算认出了他。

"回头再说。都怪我一时大意，害你吃苦头了。"

"怎么办？我们无处可逃，矢岛还有枪！"

"那你猜我是从哪儿来的？"乱菝咧嘴一笑。

卧室的窗户开着。窗口不大，但足以让人通过。沙门已然站在窗边。

"窗？可这是七楼啊！"

"没错，要是三楼还用不了这招。"乱奘毫不费力地抱起礼子，来到窗口。

"瞧瞧。"

礼子探出头去，一脸的难以置信。也难怪——

窗户左侧的墙上，竟垂直停着乱奘的陆地巡洋舰，车尾向下。

"我先走，等我信号。到时候，你把身子探出窗外，伸长胳膊，我拉你上车。"乱奘探出窗口，轻盈地跳进车里。车体摇摇晃晃，离地足有三十米。

这是何等骇人的空中马戏，谁看了都会吓得全身发僵。

轮到礼子了。

"别往下看。"乱奘如此叮嘱。

被乱奘拉起来的礼子爬进副驾驶座。好诡异的感觉。重力都作用于腰背。难以置信，自己此刻正置身于贴在墙上的车里。

"走了。"

陆地巡洋舰沿墙面缓缓爬升。前方唯有星空和墙壁形成的"路面"。而"路面"断在了半空中，远处星光闪烁。

"离屋顶刚好三层楼。应该能在矢岛破门而入之前到。"

"怎么弄的？"

"车上没绳子，只能把车当绳子用了。"

柴油发动机阵阵低吼。绞车卷起钢索的声响在车内形成阴森的紧张氛围。

"那是定制的绞车,美国产的。比这车重一倍的东西都拽得起来。"

陆地巡洋舰徐徐爬墙。礼子只觉得身在某种玩笑之中。

前轮刚攀上屋顶边缘,乱癸就收了绞车。

"剩下的交给我。"

他摇下驾驶座的车窗,壮硕的身躯钻了出来。脚蹬挡风玻璃框,挪到车头,然后跳上屋顶。

陆地巡洋舰仍停在屋顶外,前轮架在离屋顶地面一米多高的栏杆上。

乱癸调整呼吸,将手放在保险杠上,全身上下的肌肉如瘤子般隆起。T恤衫的袖子都被撑爆了,发出阵阵响声。

车身缓缓一动,然后慢慢升起。

约两吨重的车体被一个人生生抬起。

乱癸慢慢后退。

渐渐地,车身被放平了。只有底盘高的陆地巡洋舰才能这么"玩"。

乱癸将后轮搁上栏杆边缘,前轮放在屋顶的地面。

紧紧箍住全身的巨大力量仿佛突然消失了,带来无限畅快。紧随其后的虚脱感向他袭来。汗水喷涌而出。

无暇休整。他又钻到车底,手掌托住车轴,将车抬起。尽管弯着腰,但好歹比刚才的动作轻松几分。车在头顶移动,仿佛是他在车下钻行。

装在后门的轮胎也进入栏杆内了。乱癸托着车,将身体慢慢挪到车外,再把后轮放到屋顶的地面。

饶是他忙完这一通,也是筋疲力尽。撑死一天一回。

"天哪,你居然徒手抬起了这辆车——"礼子惊呼着下车。

"两吨重而已。光抬的话,有人能徒手搞定三吨重的东西呢。"

乱癸还没忙完。

他得解开拴在水箱钢架上的钢索,用绞车卷好。

没时间磨蹭了,矢岛随时都有可能提枪上楼。

乱癸向水箱走去。就在这时,瘆人的笑声响起,他脖子上的汗毛仿佛都被冻住了。

"嘻,嘻,嘻……"

与此同时,乱癸感受过两次的妖气自夜幕渗出,四周的空气仿佛都随之沸腾。

"满来了!"乱癸喊道。

一个黑影走出水箱后的暗处,正是绫部满。

"难为你把车拽上来,"满用令人毛骨悚然的声音低语道,语气如歌,"好想吃吃看你这样的人啊。只要吃进肚里,你所有的力量就归我了——"

"别胡说,小满,他是帮我们的!"礼子声声泣血。

みずち
蛟

"才不是呢，姐姐，乱奘先生可不是我这边的。他也许会帮你，但不会帮我。他要杀我。对不对，乱奘先生？"

"没错。"乱奘用平静的语气回答。声音里透着不可撼动的决绝之意。

"他打扰我吃佐川了。我本想再多吃点的——"

"小满，你是不是还害死了无辜的人？为什么啊……？"

"因为他们看起来很好吃啊。"

"不行！"

"为什么？为什么呀，姐姐？明明那么好吃——"

"你是恶魔！"

"瞧你说的，姐姐，你其实也盼着我吃吧？"满露出骇人的笑。

那绝非人的笑容。

"——好呀，只要姐姐愿意，我就先吃乱奘先生，再吃你……"

礼子紧紧揪着乱奘。

身子激烈颤抖。

满微微一动。

他低下头。背光的脸上，散发阴森磷光的双眸瞪着乱奘。乱奘看不清他的表情，但满的唇边一定还挂着笑。

乱奘打开车门，把礼子推进去。

车前灯的光芒撕破黑暗。是礼子开的灯。

满的全身浮现在光团之中。

乱炔的内脏嘎吱作响。

满的脸已然不是人脸了。表面浮现无数鳞片。

就在这一刻，他的容貌仍在变幻。嘴唇裂开后翻起，血珠滴落。

"你看到了……"满的声音好似嗖嗖的风声。

突然，贯穿夜色的枪声响起。

满的身子转了一圈，一头栽倒。只见矢岛站在电梯口，眼神无比诡异。

"成了，成了，终于把满干掉了……"

他右手握枪。

"嘻，嘻……"

笑着走来。

说时迟，那时快，满的身体蹿了起来。

以雷霆之势冲向矢岛。

枪声接连响起。满的速度却丝毫不减。

两人相撞。

矢岛被生生撞飞。

满跳到他身上，站了起来。

他用双手握住矢岛的双腿。矢岛的身体呈弧线被提起，随即被狠狠砸向混凝土地面，头部着地。

让人不想再听到第二次的声音响起。

像极了硬西瓜砸地的响声。

然后，矢岛的身体再次被提起，头朝下砸向地面。矢岛肯定连第一击都没挨过，当场毙命。

满砸了又砸，摔了又摔。

发疯似的，不知疲倦。渐渐地，只能听见湿抹布甩地一般的声响了。

"住手！"

乱奘大喊一声，走上前去。

满露出得意的微笑，把矢岛的尸体随手一扔。

满的身体早已被血浸透。有他自己的血，也有矢岛的血。额头上分明有个洞。

那是矢岛用子弹打出的洞。

满跃入空中，直冲乱奘。而乱奘的前踹正中落下的满。

这招威力巨大，正在行驶的翻斗车都能拦下。换作常人，内脏早已破裂。

满被踹飞了。

在地上翻滚几下，又立即爬了起来。

这是何等难以置信的景象。

乱奘的拳头如雨点般落下。

满倒下了，动作明显变得迟缓。起身的速度仿佛慢动作影片。

但满还是站了起来。

噩梦般的战斗。

满站起来，乱奘将其击倒。

满再次起身……

永无止境的噩梦。

乱奘意识到，满早就死了。是潜藏在他体内的某种东西在驱使那具肉体。

乱奘不再攻击，而是与起身的满正面相对。

风撩拨着乱奘的头发。

满就站在他面前，全身燃烧着苍白的妖气，双眼绽放鬼火。

忽然，满的身体一晃。

乱奘张开双臂接住。

然后突然发力，抱紧那具身体，注入全身的气。

满的眼球缓缓向外凸出，随即滚落。一个红黑色的东西慢慢爬出眼窝，似是黏糊糊的水蛭。

乱奘一松手，满便仰面倒地。

不光眼睛。满的口鼻和耳朵都爬出了水蛭似的玩意，落在屋顶的混凝土地面。片刻后，它们汇成球形。

"这就是蛟吗……？"乱奘轻轻一踹，那个球便炸开了，化作一摊黏稠的血。

乱奘的鞋子和裤子上都有飞溅的血迹。

蛟已消失不见。

空余一摊散发恶臭的血。

不知不觉中，礼子走到乱荚身边，轻轻啜泣起来。

纤瘦的肩膀被乱荚巨大而厚实的手掌包裹。

啜泣化作呜咽。

管狐

くだぎつね

闇狩り師

落叶松的树干上，有一只被刀钉住的管狐。
那正是他第一次抬脚踹人的同时射出的刀。

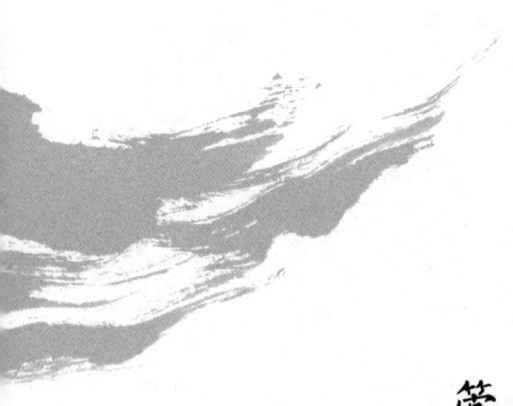

管狐

传说中能附身于人的一种狐妖。在长野县、爱知县和山梨县等地广为流传,木曾地区尤甚。"管狐"之名的由来有若干种说法,如体形细长如管,木曾人以竹管自京都伏见稻荷请来,等等。通过人的指甲进入人体。唯有御岳教行者可驱除。

——平凡社《世界大百科事典》

くだぎつね
管　狐

1

　风拂过开阔的春日草原。

　清凉的风。

　连绵起伏的山丘各处仍有枯草之色。那是分外漫长的冬天留下的最后一丝痕迹。不过，再过几天，也会消失在淡绿色的"草海"之中。

　叶顶绽开的一大片全缘贯众蕨中露出一块灰色岩石。

　一个男人端坐其上。

　是个老人。看上去六十岁出头。皮肤仍然紧致。腰背挺直，并不虚弱。

　老人望着草地。

　面前的草原向正前方缓缓隆起，又朝着更远处的坡面下降，淡出视野。

　远方的飞騨山脉头戴雪冠，连绵不绝。

　阳光的颗粒在清澈的蓝色大气中闪闪发光。狂风中，混有鹞和鸫的叫声。

坐在岩石上，可以清楚地看到风在草原上的移动轨迹。草随风的动向扭转、弯折，形成层层叠叠的波浪。

老人看的是风。

落在草上的风也不住地拨弄老人的白发。

他的目光忽然一动。

因为跟前的蕨叶呈现出了不同于风向的动作。

浅绿色的草丛中蹿过褐色的毛皮。

老人以目光追踪。

一只小动物从草丛里抬起头。

——扫雪鼬？

老人心想。

扫雪鼬是一种小型肉食动物，形似黄鼠狼，却比黄鼠狼小得多，体长不足二十五厘米。尾巴尖是黑色的，在信州的山区并不罕见。

问题是——那玩意的鼻子好像比寻常扫雪鼬尖了些。皮毛颜色也偏黑。

不等他看清楚，小兽便消失在草丛中。

老人身后传来人的气息。

身后有一片落叶松林。有人在松林中盯着他。

老人站起来，缓缓转身。

后方约十米处——草原和松林的交界处，站着一个黑衣人，

くだぎつね
管 狐

身上的黑袍形似僧袍,但在结构上略有不同。腰上挂着竹筒。

那人目不转睛地看着老人。

老人感觉到了目光带来的压力,却无法通过压力读出任何情绪。他刻意压抑情绪,只释放了存在感。

那眼神仿佛在估算老人的价值一般,像极了爬行动物。

黑色长发垂在黝黑的脸颊两侧。

他沿着草地,向老人走来,却又在半路停下。

"志村丈太郎先生?"黑衣人问道,表情几乎没有变化。

"有何贵干?"老人回答。

这口气,无异于承认了自己就是志村丈太郎。

"问你要一件东西。"

"哦?什么东西?"

"装傻就不必了。前些天,我有几个弟兄上门拜访,受了你一番'热情款待'。你应该知道我的来意。"

"我还真不知道。"

老人保持站姿,语气轻松,身体却高度紧张,没有一丝松懈。

"来这儿之前,我去下头的小屋转了转。你一直把那东西带在身上?"

"男人一直带着的东西还能有什么啊。我就是老头子一个,那玩意都派不上用场了,难不成你还感兴趣……?"

"这可如何是好,我并不想欺负老人家。"

"倒还挺讲文明。"

志村如此回答时,对方微微眯起眼睛。

黑衣随风舞动,风自他的方向刮向岩石上的老人。男人和老人之间的蕨叶沙沙作响。冰凉的瘴气蹭上老人的身子。

"看来是有些功夫的。"志村丈太郎喃喃自语。

小旋风在黑衣人脚下起舞。

旋涡逐渐扩大。

"方士……?"志村气凝丹田,腰部略沉。

所谓"方士",是会用方术的人,又称"道士"。战国时代的著名幻术师——果心居士便是其中之一。

黑衣人朝志村走来,仿佛乘着风一般。风越来越大,对方的速度也越来越快。

轰!

风声萧萧,黑衣人跃入空中。

与此同时,志村双掌合拢,向那人推去。

两人之间的空气瞬间发出被撕裂般的响声。如果在没有任何防护的情况下,置身于那样的空间,那种力量定会将肉体扯碎。那里发生了与"镰鼬[1]出现"高度相似的现象。

两人的位置已然对调。

---

[1] 镰鼬是日本的甲信越地方传说的一种妖怪。它以旋风的姿态出现,用像镰刀一样锐利的爪子袭击遇到的人。被害者的皮肤虽然会被划开很长的伤口,但一点也不觉疼痛。

くだぎつね
管　狐

黑衣人站在岩石上，而老人——志村丈太郎立于草地。

风停了。

"看来是棋逢对手。"志村喃喃道。

"此言差矣。"

黑衣人首次展颜。那是让见者背脊发凉的笑。薄唇之间，露出细而锋利的牙齿。

他看着志村的脚边。

方才的旋风正在志村的脚下盘旋。

志村试图跃起，旋风却如活物般缠住了他的腿。剧痛传来，志村的裤子渗出了血。褐色的皮毛在被旋风搅乱的蕨叶间舞动。

眼熟的颜色。

片刻前才见过。

——糟糕！

志村心头一慌。

黑衣人却没有放过这个可乘之机。

志村的视野内变得一片漆黑，无法辨别上下。

而黑暗中有一股化作烈焰的旋风在舞动。

幻术。

喊！

野兽在旋涡中哀号。

2

电话在黑暗中响起。

九十九乱藏躺在巨大的特制床上,裹着毯子听着电话铃声。

电话触手可及。

可要是接了,人就彻底清醒了。要是铃声能自己止住就好了。毕竟他刚回家不久,才钻进被窝。

谁知电话响个不停。

数到第十一声的时候,一只粗壮的胳膊终于从被窝里伸出来,抓住了听筒。

"喂——"

紧张的声音传来。

是女人的声音。

"请问是九十九乱藏先生家吗?"

陌生的声音。

乱藏一边说"对",一边望向枕边的钟。刷了荧光涂料的指

くだぎつね
管　狐

针指向午夜零点三十分。这算早还是晚，当然取决于个人观念，不过一个女人在这种时间约见一个未曾谋面的男人，恐怕并不合适。

"我叫志村沙枝子。"

"志村——"

"我是志村丈太郎的女儿。大概三年前，我父亲应该拜访过您——"

"志村丈太郎先生的话……我还有印象。"

说着，乱奘起身坐到床边。

约莫三年前，确实有一个叫志村丈太郎的人找上门来。

他说他在用自己的法子修仙，想向乱奘请教仙道。大概是从哪儿听说了乱奘的事迹。

还记得聊了三个多小时后，志村告辞离开，连连道谢。

"非常抱歉，这么晚了，还冒昧打扰您……请问我现在可以去您家详谈吗？"

"现在？"乱奘问道。

片刻的沉默后，对方回答："对。"

声音竟是丝毫不乱。

"急事？"

"嗯，我是从信州的下安昙野市赶来的，想请您救救我父亲。"

"救丈太郎先生？"

"是的。我是今天傍晚开车过来的，之前就给您打过电话，但您一直不在家——"

"我出门了。"

"我被人跟踪了，花了很长时间才甩掉……"

"跟踪？"

"一辆白色的蓝鸟——"对方语气镇定，却透着紧迫。

"找得到我家吗？"

"找不到……所以才给您打了电话。您能告诉我该怎么走吗？"

志村沙枝子报出乱菐家附近一座公园的名字，说她在公园前面的电话亭。

不过两分多钟的车程。

与其指路，不如直接去接。

"我去接你，在原地等我一会儿。"

沙枝子正要答应，却发出一声尖叫。听筒撞击玻璃的声音与挣扎推搡的声音紧随其后。

然后便是一片死寂。

"怎么了？"乱菐低声喊道。

无人回答。

片刻后，有人拿起听筒。

阴森的沉默。

对方似乎把听筒放在耳边，揣摩另一头的动静。

"你是谁？"男人低沉的嘀咕声传来。

くだぎつね
管 狐

"电话咨询师大叔。"

乱奘用肩膀夹着听筒回答,同时抓起沙发上的牛仔裤,把粗壮的腿迅速塞入其中。

沙门在牛仔裤上睡得好好的,却突然没了"床",愤愤不平地咕咕叫。

"喊……"电话那头的男人轻轻咂嘴,"算了,回头慢慢撬她的嘴就是了——"

电话突然断了。

乱奘夺门而出。

他家位于公寓八层。算上下楼的时间,无论车速多快,开到那个女人打电话的公园电话亭也需要三分钟。

把女人塞进车里,再驶离现场,恐怕花不了三分钟。

不过,也并非全无希望。

如果抓住沙枝子的人不止一个,他们应该会把她的车一并开走,不太可能留在现场。毕竟早上出门上班的人会路过公园。看到一辆挂着信州牌照的车在电话亭旁边停了半天,肯定会有人起疑。他们应该不会冒这个险,至少会把车挪去别处。

关键在于车钥匙。

如果沙枝子打电话的时候,把车钥匙插在车上,那就没戏了。但她要是随身带着,应该能拖上两三分钟。

3

宁静住宅区中的小公园。

园内有攀爬架、沙坑、动物形状的滑梯等等，还有足够的空间让孩子们打垒球。

公园外侧有一半被树木包围，其中有一棵格外高大的樟树，其枝丫越过了人行道，延伸至柏油马路。

树枝下有一座电话亭，前面停着两辆车。一辆白色蓝鸟，一辆红色本田思迪。

车旁站着四个人，三男一女。

正上方的路灯照亮男人们的脸，个个凶神恶煞。

"真他妈费事！"男人之一嘀咕道。

他打开蓝鸟的后门，把女人推到车里。

男人之二坐进蓝鸟的驾驶座，剩下的那个坐进思迪，握住方向盘。

就在两辆车即将启动时，强烈的车灯光芒划破前方的黑暗。

くだぎつね
管 狐

只见一辆车拐过不远处的街角，开进这条柏油路，速度惊人。

橡胶轮胎刮过路面，发出震耳欲聋的刹车声。

车停在蓝鸟跟前。

好大的车。停车面积与蓝鸟差别不大，体积却是天差地别，因为它更高，重量更不在一个级别上。

那是一辆陆地巡洋舰，驾驶座的方向盘比蓝鸟的车顶还高。

"混账，还不快让路！"蓝鸟驾驶座上的人摇下车窗吼道。

夜色中混着橡胶的焦煳味。

陆地巡洋舰里的人一声不吭。

车灯的强光自正前方射入蓝鸟。灯的高度都不一样。陆地巡洋舰的车灯比蓝鸟的引擎盖还高。由于光线强烈，蓝鸟里的人都看不清对面驾驶座上的人是男是女。

陆地巡洋舰的柴油发动机停了下来，仿佛在宣告——它无意挪开。

"磨蹭什么！"后座上的人喊道。

这时，蓝鸟的后门开了，冲出来一个女人。

"救命！"

她冲向陆地巡洋舰。跟出来的男人穷追不舍。

她穿过陆地巡洋舰的驾驶座旁边。

说时迟，那时快，陆地巡洋舰的车门开了，强势介入，挡住了追兵。

一个男人慢慢下车。

当他关上车门时，冲下蓝鸟的三人都被吓得倒吸一口冷气。

——骇人的彪形大汉站在路灯的灯光之下。

正是九十九乱奘。

他上半身赤裸。

特大号木桶般的身躯裸露在夜风中。多么壮观的身体！像双脚直立的巨型灰熊一样气势逼人，堪比巨岩。

他上臂最壮的部分好像比成年人的大腿还粗。

这绝非通过健美运动勉强塑造的身体。在皮肤下起伏的厚实肌肉皆为实用服务。在实战中，为健美比赛打造的那种不自然的倒三角体格出奇脆弱。因为肌肉的用途不同。乱奘的身体是厚实而稳定的。

而他的脖子几乎比常人粗上一倍，从正面望过去，似乎比头还宽，宛若长在岩石上的巨大树桩，"树节"清晰可见。

"志村沙枝子小姐？"

乱奘头也不回地问躲到他身后的女人。他的眼睛紧盯着三个男人。

他们动弹不得。

被乱奘的体格深深震撼。

"对。"女人——志村沙枝子回答。

"亏你能拖到现在。"

"我把车钥匙扔进了公园的栅栏。"

くだぎつね
管 狐

——很聪明的女人。

乱奘心想。

这是比大吵大闹更明智的做法。那群人要花上几分钟才能找到她扔出去的钥匙，再折回来。沙枝子赌的就是乱奘会在这几分钟里找过来。不是每一个遇袭的人都能想到这样的法子。

乱奘厚厚的嘴唇勾起一抹笑。

三个男人将这个表情理解成了嘲笑。

"混账，你什么意思！"最先追出来，却被乱奘生生挡住的男人吼道。

听声音，刚才就是他接的电话。

"电话咨询中心的咨询师。"

"刚才电话里那个？"

"咨询时间结束了。改天再来吧。"

热血涌上那人的脸，那人的面色顿时青黑。头顶的路灯更添几分阴森。

"不乐意的话，大可凭本事带她走。"乱奘淡定地说道。

"动手吗？"对方嘴上嚷嚷，身子却往后退了半步。

"看你们。真要动手，我可以让你们每人免费打三次。第四次往后可不便宜。有做全口假牙的思想准备，就来试试吧。"

"你认识她？"

"第一次见。"

"那就别多管闲事。"

"帮女人是我的一贯原则，见谅。"

话音刚落，对方便拔出了后侧口袋里的刀，眼睛布满血丝。

"这刀看着挺锋利啊。"乱奘不以为然地说道，毫不畏惧白刃。

对方右手握刀，轻轻一捅，大概是想牵制乱奘。说时迟，那时快，乱奘上半身一晃，右手一动，刀便从那人手中消失了。

一切发生在刹那间，那人反应不及，只得瞠目结舌地盯着空荡荡的手。

"捅人得认真一点。"乱奘轻摆右手说道。

食指和拇指正捏着刀刃。

那人顾不上惊讶，便气得热血上头，突然扑向乱奘。

一下，两下……乱奘一边数数，一边摇晃上半身。那人的每一拳都被乱奘的上臂和肘部完美挡下。

"喂，满三下了。第四下再击不倒我，你就有大麻烦了。"

仿佛一边是孩子，另一边是大人。

光是体重就差了一倍。

乱奘压根没有躲开对准躯干的第四拳。承载全部体重的拳头砸中乱奘的腹部。

闷声响起。

听着就像一根裹着湿抹布的枯枝被折断了。

只见那人捧着右手，原地蹲下。右手腕弯成了不可思议的角度——腕骨折了。

くだぎつね

管　狐

　　他难以置信地盯着自己的右手腕，跪地惨叫："好……好疼！好疼啊！"

　　另外两人盯着受伤的弟兄，呆若木鸡。

　　"我都懒得教训你们。赶紧带这位弟兄找家有善心医生的医院吧。可别被当成皮球踢——"

　　乱奘话音刚落，他们便扶起伤员，逃回蓝鸟内。

　　蓝鸟跟前停着陆地巡洋舰，后面停着思迪。

　　驾驶座上的人点火后，喊道："求你行行好，把后面的车挪一挪。不然我们开不出去……"

　　乱奘苦笑。

　　他绕过蓝鸟后面，走向思迪的驾驶座。

　　当乱奘来到思迪和蓝鸟之间时，蓝鸟的发动机突然咆哮起来。只见蓝鸟对准后方的乱奘猛然倒车，两个男人的粗俗谩骂和沙枝子细弱的惨叫声同时传来。

　　然而，谩骂没有持续多久。

　　因为他们没有感觉到血肉与车体相撞的沉闷冲击。

　　回头望去，两人脸色一僵。

　　通过后车窗，乱奘的笑脸清晰可见。

　　他们都不知道这是怎么回事，仿佛看到了什么阴森恐怖的东西。握着方向盘的人更用力地踩下油门，轮胎剧烈旋转，但车愣是纹丝不动。

　　直到此时，他们才意识到车身已然向前倾斜。

"那……那个混蛋把车抬起来了！"他们用紧张的声音喊道。

乱奘的双手卡在蓝鸟的后保险杠下。他竟用双臂抬起了车尾。

乱奘的臂力非比寻常。

"下次买车，记得买四驱的。想要这辆陆地巡洋舰也行，我用双倍的价钱卖给你。"乱奘双肩和颈部的肌肉如瘤子般隆起。

手腕骨折的人呻吟着，对试图熄火的同伙喊道："别熄火！他总归不是怪物，不可能一直抬着车！继续倒，让轮胎转着。只要他累得松了手，就死定了——"

他用凶狠的眼神瞪着乱奘。"良二，你下车去找块石头什么的砸他！把后面的思迪开上来撞他也行。反正他动不了！"

沙枝子和乱奘的耳朵都捕捉到了他的喊声。

良二正要开门下车，乱奘猛地勾起厚唇的一侧，蓝鸟左右摇摆。车里的人连忙抓紧座位。眼看着摇晃愈发剧烈，乱奘蓄势待发。

如猛兽的咆哮溢出乱奘的喉咙。

他掀起蓝鸟的右侧，向左摔去。

乱奘双臂肘部以下都雪白如蜡。

"住手！"

在他们发出惨叫的同时，蓝鸟轰然倒在人行道上，四轮朝天。轮胎徒然转动，好似挣扎着想翻身的独角仙。

"太厉害了……"走到乱奘身边的沙枝子说道。由于惊讶过

くだぎつね
管　狐

度，音量反而很小。

那群人捂着伤处，爬出蓝鸟。

"我可懒得再翻回来，随你们的便。"

乱奘重重地喘了口气，胸前的发达肌肉剧烈起伏。他的视线这才落在沙枝子身上，嘴角挂上一抹淡淡的笑。好神奇的微笑。不会带给人丝毫的不快。这个大个子露出的笑容有足够的魅力。

"怎么了？"沙枝子问道。

"你还挺漂亮……"乱奘喃喃道，"我才发现。"

暗狩之师

4

第二天——准确地说，是同一天午后。

乱荚操控着陆地巡洋舰行驶在通往信州的高速公路上。

志村沙枝子坐副驾驶座。

"您有没有听说过尸解仙？"

用过迟来的早餐，沙枝子问了这么一句话。

乱荚在心中翻来覆去地琢磨。

仙人也分三六九等。好比《抱朴子》[1]中就将仙分成了三类：天仙、地仙与尸解仙[2]。尸解仙的等级最低。

"尸解仙"就是因修行不足而无法以肉身登仙，死后才以魂魄状态成仙。据说，他们留下的肉身几乎可以一直维持生时的

---

[1] 《抱朴子》是晋代葛洪编著的一部道教典籍。抱朴子内篇20篇，论述神仙吐纳符箓勉治之术；外篇50篇，论述时政得失，人事臧否，词旨辨博，饶有名理。
[2] 上士举形升虚，谓之天仙；中士游于名山，谓之地仙；下土先死后蜕，谓之尸解仙。

くだぎつね
管 狐

模样。

不过,关于尸解仙的说法形形色色。

有人认为尸解仙不会留下肉身,甚至有人不认可这一级仙人的存在。

《抱朴子》虽被视为仙道圣典,但其作者也并非仙人。谁都无法断定哪种说法是正确的。

沙枝子称,她的父亲丈太郎好像变成了某种类似尸解仙的东西。

沙枝子本人对仙道并无兴趣,只是因为父亲丈太郎对其有所研究,所以她听过"尸解仙"之类的词语。

自从十年前母亲去世,她便与父亲分开生活,她平时住在东京,每年见父亲的次数屈指可数。

沙枝子之所以知道乱菐这个人,也是因为三年前丈太郎拜访乱菐的时候,顺路去她家坐了坐,碰巧聊起他。

四天前,沙枝子接到一个叫石冢勇二的人打来的电话,石冢说丈太郎病倒了。

父亲在下安县野市的安县原高原建了一间小屋,平时就住在那里。

据说丈太郎仰面倒在小屋上方的草地上,不省人事。是石冢发现了他。

丈太郎还有气,只是昏迷不醒。石冢把人抱进小屋,并联系了沙枝子。

暗狩之师

沙枝子连忙请假赶往下安昙野市。丈太郎由石冢守着。石冢是本地报纸《安昙野日报》的雇员，几年前，他去志村丈太郎的小屋采访，聊得十分投机，后来也时不时地过来坐坐，所以他见过沙枝子几回。

"你说丈太郎先生平时一个人住？"乱葜问道。

他两眼盯着前方，陆地巡洋舰已驶过大月市。

"是的。"沙枝子回答。

小猫沙门睡在她膝头。美丽的纯黑毛发在沙枝子怀中微微起伏。它比普通的猫小上两圈，却是如假包换的成体。

"他到底是做什么工作的？"

"帮杂志写写关于动物的文章，拍拍照片什么的……但一年到头应该也没几次。"

"能养活自己吗？"

"积雪化了还能种种地。简单种点自己吃的蔬菜还是不成问题的。他好像还动用了母亲的人寿保险赔款和离职奖金补贴生活。而且他也到了拿养老金的年纪，不过数额不大就是了——"

"离职奖金？"

"他在十年前——也就是我母亲去世的那一年，辞掉了工作。那年我刚高中毕业。"

"那他原来是做什么的？"

"在环境厅的鸟兽保护科。"沙枝子垂下眼眸。

陆地巡洋舰快开到甲府市了。富士山的雪峰耸立于左侧的

くだぎつね
管 狐

群山之中，前方则是赤石山脉与八岳连峰。

甲府盆地已是新绿尽染。

"找医生看过没有？"

"找了。"

"医生怎么说？"

"医生一来，父亲就恢复正常了，甚至可以进行简单的对话。医生说，他的身体没有任何问题，要看也得找精神科医生。"

"呵……"

"可医生前脚刚走，他后脚就睡着了。医生在的时候，好像也是别的什么东西在操纵他说话。其余的时间就一直睡着——"

"所以你怀疑他成了尸解仙？"

"嗯。"

乱奘心想，他是不是被什么东西附身了？很有可能。

"还有一件事——"沙枝子欲言又止。

乱奘没有催促，沉默不语。

过了一会儿，她终于下定决心，开口说道："——他好像一到夜里就会出去。"

"……"

"第二天早上一看，他的嘴边都是血。这种情况持续了两天，所以我第三天晚上过去看了看，发现小屋窗户开着，人却不在床上。过了半个多小时，他回来了，手上提着一只血淋淋的兔子。只见他往床边的窗框一坐，在我眼前啃咬那只兔子，然后……"

沙枝子停顿片刻，语气骤变。

"——然后他朝我扑来，想要侵犯我。"

"什么？"

"我激烈反抗，他就突然老实了。那天算是熬过去了，可是再这么下去，我就不敢陪着他了。这时我才想起了您——"

"知道你父亲是从什么时候开始对仙道感兴趣的吗？"

"兴趣是早就有了，但实际修仙是从十年前进山的时候开始的。"

"哦……"

"求您救救他吧，现在那玩意不是我父亲！"

"我就是为这个来的。虽然没什么把握，但我会全力一试。"

"如果您要钱的话，我也有一些积蓄，可能不太多……"

"嗯，钱是要收的，毕竟是工作。不过这事得等工作完成之后再说。别看我这副样子，我可从来没有提前收过女人的钱。比起这个——你知道昨晚那群人是什么来头吗？"

"不知道。如果他们是来找碴的……我父亲倒是经常被本地猎人骚扰。"沙枝子将乌黑的眸子转向一旁的乱荚。

一小时后，陆地巡洋舰从诹访市的出口下了高速，开上20号国道，向盐尻市进发。

在开往盐尻市的途中右转，深入森林公路。

这是一条自下安昙野市直通诹访市的翻山森林公路。安昙原高原就在半路上，靠近下安昙野市的一侧。

くだぎつね
管　狐

5

小屋位于一片落叶松林中。

从森林公路拐进小路，开了大约五分钟就到了。小屋跟前已经停了一辆铃木吉姆尼1000。

走下陆地巡洋舰，落叶松的气味扑鼻而来。

乱奘不过贴身穿了牛仔裤和胸口处敞开的棉布衬衫。五月过半，海拔千余米的高原凉风瑟瑟，乱奘的身体却好像全然感觉不到寒冷。

沙门坐在他的肩上。他把衬衫的袖子随意卷到手肘。

下午两点。

一个穿着毛衣的男人走出小屋，看起来二十七八岁的模样。

"石冢先生。"沙枝子跟他打招呼。

"可担心死我了，这里都没电话……我正想下山打个电话到东京问问呢。"男人——石冢勇二说道。

"这位是九十九先生。昨晚真是惊险，多亏他出手相救。回

暗狩之师

头跟你详说。"

"出什么事了?"

"我被一群来路不明的人跟踪了,还差点被抓走——"

"真的吗?"

石冢的声音很是紧张。

"好在没事了。九十九先生,这位就是我之前提过的石冢先生。我不在的时候,多亏他照看我父亲。"

"你好。"

石冢伸出手来。与乱菐握手时,他的手被完全裹住,看也看不见。

他们刚走进小屋,便闻到一股诡异的臭味。那是野兽的汗水和血的味道。

一个白发老人躺在床上。眼睛闭着。脸色却出奇地好。

"他昨晚又出去了?"乱菐问道。

石冢顿时脸色煞白,默默点头。

他肯定看到了相当骇人的景象。

沙枝子虽然交代过一二,但亲眼看到的时候,他定是想大叫着逃离。

石冢从房间角落拿来一个用报纸裹着的东西。打开一看,是一张带血的兔子毛皮。唯有头部还留有原样,内脏则被吃得干干净净。

丈太郎生啃兔子时,神情一定相当骇人。

くだぎつね
管 狐

"好。"

乱奘用报纸裹好兔子的尸体,放在地上。

再望向老人的睡脸。

他长了一张乍看顽固的脸。睁眼的时候也许不太明显,但闭眼时突出了眼睛与脸颊之间的深邃阴霾。他的生活一定很孤独。

——恐怕不是尸解仙。

乱奘如此判断。

其实乱奘并没有见过尸解仙。只听说过一些传闻,以及在书中读过相关逸事。

但乱奘并不完全相信尸解仙的存在,却也不持否定态度。他只是觉得有这样的仙人也未尝不可。

关于仙人的古代文献多有谬误与夸张。它们和无数志怪书中的小说和传说一样,几乎不可能辨别真伪。

那些文献中提过潜入水中度夏的仙人,提过活了一千多年的仙人,还提过把舌头伸长几公里消灭了一支军队的仙人。他无法评价每一个故事的真伪,却终究无法全盘相信。

在乱奘见过的人里,只有一小撮神秘人能达到与传说中的仙人相近的境界。

其中之一,就是乱奘的仙道启蒙老师——小田原的真壁云斋。

云斋认为,尸解仙是一种灵魂出窍现象。而灵魂出窍非常普遍，不是仙人也会遇到。

——那志村丈太郎呢？

乱奘打算查个清楚。

"我想先试个法子，不过观感不太好。如果二位想出去避一避，直到我这边完事，那就请便吧。"乱奘盯着丈太郎的脸说道。

"我留下。"沙枝子说道。

"我也留下。"

"好。"乱奘随手掀开毛毯。老人穿着睡衣的身躯映入眼帘。

"我要脱他的衣服，来搭把手。"

"脱光？"

"嗯，脱光。"

乱奘和石冢一起脱下老人身上的全部衣物。老人赤裸的身体很是消瘦，但皮肤和肌肉并无衰老的迹象。不难想象，早在修仙之前，他便开始锻炼身体了。

乱奘打量着老人的身体，目光落在他的左手。

老人微微弯曲的无名指指甲变黑了。

那是唯一变色的指甲。

乱奘脸上没了表情。

嘴唇紧抿。

"开始了。"

乱奘把右手放在老人的胸前。巨大的手掌几乎盖住了老人的半个胸膛。

くだぎつね
管 狐

手缓缓移动,仿佛是在仔细寻找皮下的病灶。

老人的生物反应化作轻微的脉冲,抵达乱奘的手掌。

他的身体好得惊人。

照理说,丈太郎那个年纪的人都是全身上下都有毛病。而乱奘的手掌经过有问题的部位时,生物能量的脉冲会变得混浊。

乱奘捕捉到的混浊脉冲出奇地少,大多数内脏器官都在正常工作。

移到老人胯下时,乱奘的手掌停了。在生殖器上方来回移动。

不属于老人的脉冲如肿块一般堵在那里。

手掌停在耻骨处。

花白的阴毛下方深处,潜藏着某种东西。

极其不祥的感受。

仿佛在用手掌直接触摸吸血的水蛭。

乱奘肩头的沙门发出轻微的叫声。

"这儿吗?"乱奘低声喃喃。

在佛教中,脱离肉身的魂体被称为"浮动佛"。

人一旦成为浮动佛,肉身就成了没有灵魂的空壳。这种状态极其危险,因为附近的任何低级灵体都可以轻易入侵。

志村丈太郎的状态酷似被某种灵体趁虚而入。但乱奘又觉得不完全是这样。

——不是趁虚而入。恐怕是某种东西强行侵入了老人的肉身。

无名指上发黑的指甲……

那玩意入侵的冲击使志村丈太郎的意识被挤出体外。不，也许老人的意识并没有被挤出去，而是龟缩在肉身的某处，自我封闭。

精神层次越高的人，越容易出现这种情况。因为他们更敏感，出事时受到的冲击就更大。

乱奘将注意力集中在潜藏于耻骨深处的浊物。

右掌轻轻送气。

"呃！"

老人猛然张嘴，号叫起来。

血红的舌头在口中翻起。

双目圆瞪。脑袋仿佛成了不同于躯干的生物，抬起来凶狠地盯着乱奘。

沙枝子将尖叫吞进肚里。

耻骨下的浊物已然消失。

"逃了……"

乱奘的手掌在老人的身体表面移动，试图追踪浊物的去向，却感觉不到它的存在。要么潜入了神经末梢的某处，要么扩散到了全身。

唯一确定的是，它尚未离开老人的身体。

让沙门潜入探查也未尝不可，只是过于危险。如果方才的浊物与沙门在老人体内打起来，老人也许就无法恢复意识了。

くだぎつね
管　狐

　　乱葵将双手放在老人腹部，推送一大股气。

　　老人的身体在床上拱起。

　　猛然起伏，扭动不止。

　　"住手……！"沙枝子小声叫道。

　　但乱葵并没有停手。

　　他继续送气，毫不留情。

　　老人的眼球上浮现出红色的血管。圆瞪的双眼中燃起憎恶之火。

　　石冢注视着眼前的光景，说不出一个字来。

　　丈太郎摇晃上半身，似是想挣脱乱葵的手掌，甚至还坐了起来。

　　"呃！"

　　他的身体大幅弹起。

　　只听见"咚"的一声，他撞上了天花板，却没有落下。他用手指与脚趾抓住了细木条，腹部紧贴天花板。

　　"唧！"

　　老人叫了一声。

　　他仰头盯着乱葵，眼尾吊起。

　　好几根诡异的筋浮现在他的喉咙上，可见有巨大的力注入了他的全身。

　　这不是常人的身体可以完成的动作。

　　"呼！"

暗狩之师

老人口中迸发出尖锐的呼气声,身体以雷霆之势向乱奘跳去。

乱奘沉下身子躲开。

他一边躲,一边以右手为刀,劈向老人的后脑勺。

随着"砰"的一声,老人倒地不起。

乱奘起身时,只见衬衫后面被撕开了一个大口子。

"没事了。"

他抱起老人一动不动的身体,放回床上。

"麻烦把我车里的绳子拿来。"他吩咐石冢。

乱奘用石冢拿来的绳子把老人紧紧绑在床上。

"今天只能先这样了。"

被刚才的动静吓跑的沙门蹿上乱奘的身体,落在他的左肩。

"刚才那是怎么回事?"石冢问道。

"应该是'苦蛇'。"

"苦蛇?"

"痛苦的'苦',蛇蝎的'蛇'。"

石冢和沙枝子都露出一头雾水的表情。

乱奘依然紧抿嘴唇。

"'苦蛇'是依附在管狐身上的黑蟠虫。"

管狐——一种小型灵兽。算上尾巴,体长也不过二十多厘米。神奈川县所谓的"尾先",岛根县所谓的"人狐",说的都是同一种东西。

くだぎつね
管 狐

　　比起普通的狐狸，管狐看起来更像扫雪鼬，但又有所不同。据说管狐尾巴末端长有黑毛。那里是其灵力的源泉，也是饲养苦蛇的地方。

　　相传管狐通过人的指甲进入人体并附身。但真正附在人身上的不是管狐本身，而是苦蛇，也就是黑蟠虫。据说黑蟠虫会在人体内繁殖，数量达到七十五只时，就会化作一只管狐来到体外。

　　它们会大肆吸食人体内的精气，被附身者大多会精神失常，最后一命呜呼。

　　自古以来，信州人将有管狐的家族称为"有管狐的""管屋""带管的"，唯恐避之不及。

　　操控管狐的人会把它装入竹管，随身携带。管狐的"管"字便是由此而来。将黑蟠虫写作"苦蛇（くだ[1]）"，其实也是俗称的"音译"。

　　似乎有黑蟠虫钻进了老人体内。这意味着老人在某处遇到了管狐。

　　——日本竟然还有人役使管狐？

　　乱奘咬紧后槽牙。

　　"你说的'管狐'到底是……？"石冢再次发问。

　　"一种妖怪的名字。"

---

[1] "苦蛇"与"管"在日语中皆念"kuda"。

为方便他们理解，乱奘如此回答。

他没有闲工夫慢慢解答石冢的疑问。

"那我父亲还有救吗？"

沙枝子终于开了口，声音瑟瑟发抖。方才看到的那一幕肯定还在她脑海中挥之不去。

"不知道。"

"就没有办法可想吗？"

"倒也不是没有法子。但今天不行，要试也得等明天。"

"明天？"

"嗯。我要出去一趟，办点杂事。还得准备一些明天'驱管'要用的东西。你们听好了，在我点头之前，千万不能给他松绑。说什么都不行。这是攀岩用的登山绳里最牢固的一种，轻易扯不断——"乱奘以严厉的语气嘱咐道，"然后到了晚上，他可能会要东西吃，而且是生肉。但你们千万不能给，什么吃的喝的都不行。从现在开始，至少要让他空腹一整天。"

说完，乱奘便转身背对他们。

"我会在深夜之前回来。"

くだぎつね
管　狐

6

——晚上八点。

天气凉得可怕。

五月已经过半，高原的夜依旧寒冷，仿佛倒回冬天的寒夜也不稀罕。

太阳一落山，屋里的人就点了暖炉。

烧的不是灯油，而是柴。火光摇曳，伴随着清脆悦耳的响声。

这间小屋没拉电，却备了烧重油的发电机。志村丈太郎独居时很少使用的发电机，此刻正在工作。

天花板上挂着的灯泡让房间里充满了昏黄的光。

床上的志村丈太郎仍被捆着，双目紧闭。他上身盖着被子，但下身赤裸。乱桀离开后，他纹丝不动。

石冢和沙枝子围炉而坐，盯着烧红的铁，几乎一言不发。

乱桀还没回来。

浓重的忧虑笼罩二人。

最先察觉到异样的是石冢。

他时不时地往床那儿瞥一眼。忽然，他的目光定住了。眼睛也以一种诡异的方式瞪大。见石冢表情不对，沙枝子也抬起头来，随即发出抽搐般的惊呼。

只见床上的丈太郎抬起头来，凝视着他们。

丈太郎的眼中尽是疑惑，仿佛刚从沉睡中醒来，正在努力回忆自己身在何处。

"沙枝子？"丈太郎说道，"石冢也来了啊……"

他试图起身，这才发现自己动不了。

"怎么搞的？这算怎么回事？"志村丈太郎摇了摇头，扭动身子，"我被绑住了？"

沙枝子和石冢站起来，面面相觑。莫名的紧张感像静电一样包裹着他们的身体。

"为什么绑我？"丈太郎问道。

两人说不出一个字。

"怎么不吭声啊？快给我松绑！"丈太郎的语气很严肃。

"爸爸——"沙枝子用轻而沙哑的声音问道，"你真是爸爸吗？"

"说什么胡话！不然呢？"

沙枝子正要走去床边，石冢就伸手拦住了她，开口问道："志村先生，你记不记得醒来之前发生过什么？"

くだぎつね
管 狐

丈太郎歪着头，似乎在努力回忆。

"四天前的傍晚，我发现你倒在上头的草地上，连忙送你回来。可你后来又出去了，我以为是去了老地方，便过去找。你记不记得在那里发生了什么？"

有那么一刻，丈太郎脸上露出如坠云雾的表情。

"我看到了一只野兽——小小的，对，长得很像扫雪鼬。就在这时，来了一个男人。他会奇异的法术——"

"然后呢？"

"他让我交出什么东西，我说我不知道，他就冲了过来。于是我们打起来了……后面的事情我就完全没印象了。"

"哦。"石冢喃喃自语，脸色苍白。

"那就赶紧给我松绑啊！"

"不，我还没问完。"

"这算哪门子的玩笑？"丈太郎抬高嗓门。

"沙枝子，把那只用报纸裹着的兔子拿来——"

石冢用压到最低的音量说出这句话。

沙枝子缓缓挪到房间角落，捡起地上的纸包，全程没有把目光从丈太郎身上移开。

石冢拿起桌上的盘子，盘中盛有烤过的肉。沙枝子刚才烤了一些肉给自己和石冢吃，顺便也给乱奘弄了些。由于乱奘迟迟不归，他那份还在盘子里。

沙枝子拿来纸包。

"志村先生，你饿吗？"

石冢举起盘子，用无比温和的声音问道。

丈太郎脸上闪过讶异之色，然后回答："当然饿啊。"

"很饿？"

"嗯，很饿。"

"想吃肉吗？"

"想啊。"

"那你告诉我，你想吃的是这种肉——"石冢把盘子轻轻举起，展示给丈太郎看。

额上的汗珠泛着光。

"还是这种肉——"

石冢的手抓住沙枝子手中的纸包边缘。

"别这样！"沙枝子忍不住喊道。

与此同时，石冢的手也动了。

"你想吃的是生肉吗？"

报纸被揭开，露出血淋淋的肉块。

说时迟，那时快，丈太郎的脸上发生了骇人的转变。

"呼！"

他呼出滚烫的气。

两眼吊起，嘴巴大张，嘴唇裂开，浮现一颗又一颗血珠。他咬牙切齿，疯狂晃动脑袋，脸颊上的肉不住地抽搐。

那是一张恶鬼的脸。

くだぎつね
管　狐

他用舌头舔去唇上的血珠。

"呼……呼……"

阴森的气息带出阵阵刮擦声，床架嘎吱作响。

沙枝子几乎瘫倒，石冢连忙将她扶住。

"怎么了？"男人粗犷的声音喊道。

石冢转身望去，只见门开了，乱奘壮硕的身躯映入眼帘，显得分外可靠。

乱奘只一眼便看明白了屋里的情势。

"看来我回来得正是时候。"

"可不是嘛。"

石冢没有意识到自己的腿在微微打战。

乱奘一来，丈太郎顿时老实了。他闭上眼睛，和之前一样纹丝不动。

石冢长舒一口气。

此时此刻，他终于看清了乱奘抱在怀里的东西。那是一条白狗。

"这狗是怎么回事？"

"从保健所领的。明天的仪式要用。"

乱奘把狗放下。

狗甚至无意起身，就这么蜷在原处。

7

——第二天,下午三点。

一丝不挂的志村丈太郎被仰面放在小屋外的草地上,他们将四根桩子打入地面,丈太郎的四肢分别被绳子绑在桩子上。

丈太郎依然闭眼不动。

灿烂的阳光遍洒大地。

方才,乱癸扛着沙门,用刀切下一片厚厚的无骨火腿,喂给那条狗吃。

狗在蹲下的乱癸面前狼吞虎咽,站在一旁的石冢和沙枝子目不转睛地看着它。

狗的腰骨折了,想必是被车撞了。被保健所的流浪狗猎人抓住时,它已处于几乎不能动弹的状态,要不了多久就会被人道毁灭。而乱癸把它要了过来。因为他需要这条狗的生命。再过几分钟,乱癸将不得不手刃它。

他已经跟石冢和沙枝子交代过了。

くだぎつね
管 狐

"非用那条狗不可吗?"

沙枝子目露哀色。

"这办法……中国自古以来都是用狗驱除苦蛇的……"

饶是乱燚,也不愿意杀害无辜的生灵。

但是——

他将最后一块火腿扔给狗,抬起沉重的头仰望天空。落叶松的新绿之后是一望无际的湛蓝。

他把目光转回狗身上。趁着它专心啃火腿的时候,对准它的脖子随意挥下右手。狗头轻轻落在草地上。没有发出任何声音,仿佛突然睡着了一样。

"它死了?"沙枝子战战兢兢地问道。

乱燚没有回答,只是微微蹙眉。

"别看。"

说完,他抱着狗站了起来。两手分别抓住狗的两条后腿,他则跨立在志村丈太郎上方。

只见乱燚用力张开双臂。

恶心的声音传来。

鲜血飞溅,甚至溅到了乱燚的脸上。

丈太郎消瘦的身体被鲜血浸透,温热的蒸汽滚滚升腾,腥味刺鼻。

沙枝子早已扭头。

乱燚将被撕裂的狗放在丈太郎张开的双腿之间。

暗狩之师

"开始了。"

他嘀咕一声,在一旁蹲下,把双手放在丈太郎血淋淋的腹部,猛然送气。

丈太郎的身体立刻拱起。由于四肢被固定住了,所以唯有从臀部到肩膀的躯干离地。

只见他蓦然睁眼,从喉咙深处发出阵阵呻吟,浑身扭动。

但乱奘依然毫不留情。

丈太郎的生殖器在不知不觉中耸立。有什么东西要从顶端的尿道口出来了。那是一条纤细的"黑绳",有着水蛭般的光泽。

"看,这就是黑蟠虫,这就是苦蛇!"

细长的黑绳状物体钻出丈太郎的身子,游过滴在草地上的血,缓缓靠近狗的尸体。这就是潜藏在志村丈太郎体内的东西,全长一米有余。

黑蟠虫抬起头,蠕动黏腻的身体,钻进死狗还冒着热气的鲜红血肉中。

当它完全进入被撕裂的肉块中时,乱奘捧起死狗,大喊一声:"汽油!"

狗被扔了出去,石冢立刻将一桶汽油倒在上面。乱奘擦着火柴,扔到死狗身上。

烈焰轰然升起。

滚滚火舌中生出的黑烟仿佛蠕动的蛇,升入天际。

くだぎつね
管 狐

8

——下午五点。

乱菉、石冢和沙枝子站在志村丈太郎床边。

丈太郎睁开眼睛,向乱菉连连道谢。他刚听沙枝子讲述完事情的来龙去脉。

听完老人的千恩万谢,乱菉冷不丁地冒出一句:"好,接下来轮到你了。"

乱菉直视着石冢。

"我?"

"对。"

"我怎么了?"

"你心里清楚得很,来袭击的人是把志村先生错当成了你。"

老人和沙枝子一脸莫名其妙,似乎还没听明白。

"还记得她在东京被袭击的事吧?我记下了那群人的车牌号,然后托关系查了查车主的信息。结果是昨天傍晚出来的。

我出门前不是说要办点杂事吗？其实我是找地方打电话问结果去了。你猜那是谁的车？"

"……"

"车主是工藤浩的情妇。工藤浩，知道吧？他是保守党县议员宇田川重介的秘书——"

"你说宇田川？"志村丈太郎问道。

乱奘转向石冢，勾起唇角。

"听说你一直在敲诈宇田川重介，本事不小啊。我昨天去了趟宇田川的住处，稍微一吓他，他就一五一十地交代了。毕竟他动过绑架女人的念头，小小地警告一下也无妨。他跟我嚷嚷：'我还以为磁带在她手里。'是宇田川误会了。他还以为是志村丈太郎和他的女儿在敲诈自己。直到我出现的几个小时前，他才意识到真正的敲诈犯是石冢勇二。据说是安县野综合开发公司里一个叫石田的人告诉他，情报是泄露给你的。这会儿人家正满世界找你呢。用不了多久就会找过来了。搞不好下一个被管狐附身的就是你。"

石冢已是面无血色。

"他们以为手里有磁带的女人会直接冲去东京的报社，于是急急忙忙地追了过去。磁带录到什么了？宇田川没跟我说得那么细。"

"救……救救我！求你了，九十九先生！帮……帮帮忙……"

"现在肯说了？"

くだぎつね
管　狐

"我说！对不起，志村先生。我知道他们为什么怀疑你，而不是我。对不起……我是真没想到事情会发展到这一步。我确实敲诈了宇田川，但没找他要钱。其实我是很想要钱的，可钱总得跟对方碰个头才能拿到手吧，一碰头肯定会被抓住。所以我只提了一个要求，那就是和以前一样，把这片安县原高原划成鸟兽保护区……"石冢一口气说完，随即长叹一声。

"那他们怎么会怀疑到志村先生的头上？"

"这方面的事情，由我来解释可能会更好一些，九十九先生——"

沉默许久的志村丈太郎似是终于想通了，开口说道。

暗狩之师

9

十年前，志村丈太郎还是环境厅鸟兽保护科的职员。

那是他年轻时便无限向往的工作。他从小热爱动物和自然，决心为之奉献一生，保护日渐遭受破坏的大自然。

谁知入职不过几年，志村便尝到了失望的滋味。

原来，环境厅存在的意义不是保护自然，而是明确自然可以被破坏到什么程度。

在志村看来，保护鸟兽的各项工作无异于儿戏。大多数决策是其他力量促成的，不以保护鸟兽为目的。

他走遍山林，与本地保护组织一起煞费苦心制定的文件被置若罔闻也是常有的事。

尽管志村一路干到快退休的年纪，却自始至终无法习惯这一点。

十年前，相伴二十七年的妻子雪江走了。她得了癌症，与病魔搏斗了一年多，终于还是撒手人寰。去世一周前，她握着

くだぎつね
管　狐

志村的手说道："要是我死了，你就把工作辞了吧。"

她的声音很是平静。

"别瞎说。"志村如此回答。

雪江摇了摇头，露出纤细的脖子，微微一笑。

一看那表情，志村便知她已做好了赴死的思想准备。

"辛苦你坚持了那么多年。我知道，这份工作并不合你的心意。其实我瞒着你给自己买了一份小额人寿保险。"

雪江希望志村在她死后用保险赔款做自己想做的事。

"在自己钟爱的地方，在大自然的环绕下生活，才是最适合你的。"

志村顿时热泪盈眶。他已经二十多年没有落过泪了。

雪江去世后，志村辞去工作，在安县原高原买了一块地，建了一间小屋。他一直很喜欢那里。

只要他不铺张浪费，过日子不成问题，还能给住在大学宿舍的女儿沙枝子寄生活费。

从那时起，他开始修习仙道。

上山第六年，志村结识了前来采访的《安县野日报》记者石冢勇二。石冢也深爱着这片土地。

安县原高原一带本是禁猎区。谁知两年前，禁令被解除了。石冢和志村都很惊讶。

一查才知道是这么回事：

日本的狩猎人口远超五十万。这五十万人在各自的居住地组织了猎友会和类似的分支组织。而这类组织的主席和干部往往由当地政客担任。下安县野市的狩猎组织就以县议会议员宇田川重介为尊。他通过在保守党的人脉，把手伸进了环境厅。这种不寻常的解禁，其实是宇田川在为选举拉票。

又来了……志村心想。

他觉得亡妻雪江的一片心意遭到了践踏。

他多次联系宇田川讨个说法，对方却不屑一顾。

"狩猎"的形式不仅限于射击。不少猎友会使用捕兽夹之类的陷阱，这是一种极其残酷的捕猎方法。捕兽夹弹力强劲，能生生夹断野兽的脚。然后猎人再用棍棒打死动弹不得的野兽，比如狐狸或貉。一只狐狸每年要吃两千多只老鼠。那群人没有意识到，他们的杀戮行为在多大程度上破坏了生态系统的平衡。志村认为，人类有朝一日定会为此付出代价。

志村每次在山上发现捕兽夹，都会用树枝撑开，免得有动物中招。要是发现了被夹住的动物，就打开夹子，放它走。

志村脑海中已经没有了保护自然的意识，他只是无比厌恶为取乐而残杀其他动物的做法。

石冢查了宇田川的底细，写了几篇文章。宇田川本就是个负面新闻缠身的政客，有的是东西可写。

然而，那些文章基本都没登报，而是被报社高管压了下来。不仅如此，石冢还被调去了财务部门。

今年又出了幺蛾子。据说，有关部门成立了一个项目小组，

くだぎつね
管　狐

准备在安昙原高原建一个滑雪场。项目的牵头人又是宇田川。

安昙原高原会被糟蹋成什么样子？

志村心想，这已经不是自己所能左右的事了。

石冢却在心底暗暗磨刀。

建滑雪场自然会牵涉到大量的资金。如果项目是宇田川牵头，那就必然会有见不得光的钱在他手中进进出出。安昙野综合开发公司十有八九会有动作。因为早就有传闻说这家公司和宇田川有着千丝万缕的联系。

幸运的是，他有个朋友在那家公司上班。

朋友姓石田。某次聚餐时，他提到公司出了一笔没法入账的钱。

石冢下定决心，非要查个清楚不可。不过那时他还没动真格，这件事更偏向于某种为生活增添激情的手段。

可他万万没想到，朋友石田告诉他，安昙野综合开发公司的社长和宇田川的秘书工藤要在松本市内的某高档餐厅见面。连包房的名字都是一清二楚。

"我也想搞点钱花花……"石田喃喃自语。

朋友暗示，他们会在餐厅交易。石冢心想，机会来了。

他提前一天去那间包房用餐，装了窃听器。在百米半径之内，可以像听FM广播那样监听。

于是，他清清楚楚地听到了交易的全过程。

石冢欣喜若狂。

倒不是为了钱。他更想给宇田川一点颜色看看。

石冢将拷贝的磁带和恐吓信寄给宇田川,大意如下:

"不把安昙原高原变回鸟兽保护区,我就把这盘磁带送去东京的报社。"

くだぎつね
管　狐

10

这时，乱篾肩头的沙门发出了一声尖叫。

只见它拱着背，体毛倒立，翘起的尾巴分成两半。

它从乱篾的肩膀跳向地上的某处。

褐色与黑色的毛皮立时扭作一团。

"看样子，是宇田川雇的役管人来了。"乱篾看着窗外说道。

一个黑衣人立于屋外的草地，沐浴着夕阳的余晖。

"袭击我的就是他。"丈太郎表示。

与沙门纠缠不清的褐色小动物不见了。毕竟沙门是专吃灵体的猫又，饶是管狐也没什么胜算。

"我去会会他。你们别出来。"

乱篾撂下这句话后，走出房门。

他右手握着登山刀，左肩扛着沙门。脸颊染上了余晖的橙色。

"九十九乱篾先生？"黑衣人问道。

他的眸子带着异样的光。

"没错,你是……"

"加座间典善。"

"你就是典善?"

"原来你听说过我,真是荣幸。"

"我知道有个方术师叫典善,只是没想到会在这里遇见。"

"我不是来找你的,乱獎先生。屋里有个叫石冢勇二的吧?我找他有事。"

"让管狐缠上他?"

"不,志村丈太郎的事是碰巧。我只想吓唬他一下,谁知他就这么被附体了,我也很惊讶啊。这笔账宇田川昨天应该已经算清楚了吧?"

"嗯,算清楚了。"

"那就把石冢交出来。"

"那可不行。"

"为什么?他雇了你?"

"没有啊,"乱獎慢慢摇头,"只是出于兴趣。"

"你有本事驱管,却免费帮这种忙?"

典善的长发在风中摇曳。含有瘴气的风朝乱獎逼来。

一股小旋风缠着典善的黑衣下摆。而在旋风的中心,管狐翩翩起舞。

典善的眼里燃起亮白的光芒,仿佛要将乱獎刺穿。

くだぎつね
管 狐

忽然，管狐的身影从风中消失了。

乱奘站在原地不动，迸发体内的气。

"啧。"

一个褐色毛球从他脚下飞向半空，仿佛是被弹开一般。只见它在空中转了几圈，落入草丛。

就在那一刻，乱奘的视野之中变得一片漆黑。

乱奘用手掌轻抚面前的空气，黑暗立刻被破开。

"幻术和管都奈何不了我。"

乱奘嘴角挂上狂妄的笑。

他用右手摆弄着刀，十分随意地走向典善。举手投足间透着犹如大型猫科动物的柔韧。

"咻！"

乱奘的双唇发出勺子似的呼气声。

刀自他右手飞出。

皮鞋的鞋尖如飓风般袭向典善的脸。

典善向后轻轻一跃，落在草地上，随即跃向乱奘。

典善的四肢堪比旋风，一边以令人眼花缭乱的速度旋转，一边攻向乱奘。

而乱奘把每一波攻击都格挡在身体之外。

不过，他无暇发动反攻。

乱奘步步后退。

忽然，乱奘的背撞到了什么东西——是落叶松的树干。

典善嘴角一勾,沿着草地,以疾风之势冲向乱奘。

乱奘横跳一大步。

典善势头不减,直接冲上树干,动作如猴子一样轻盈。

"嘻!"

他发出怪鸟似的叫声,对准横跳的乱奘,自树顶发动攻击。

乱奘大喝一声,双手在空中抓住了典善攻来的两只脚。

乱奘就这么握住典善的脚踝,将他的背砸向自己的右腿膝盖。

典善哼了一声,落在草地上。

即便如此,他还是在翻滚的过程中用四肢撑住了身体。

面容因痛苦而扭曲。

"结束了。"

乱奘喃喃自语,望向一旁的树。

落叶松的树干上,有一只被刀钉住的管狐。那正是他第一次抬脚踹人的同时射出的刀。

管狐细声尖叫。

它动弹不得,沙门正忙着啃它的尾巴。

典善垂下了头。

乱奘拔刀后,管狐踉踉跄跄地走到典善脚边,主动钻进他腰间的竹筒。

不愧是灵兽,不至于死于区区刀伤。

沙门仰望乱奘,一脸的不服。

くだぎつね

管 狐

志村丈太郎、沙枝子和石冢都出来了。

"替我告诉宇田川，磁带在我手里，这是给他们三个的保险。只要他们的安全得到保障，磁带就不会造成任何后果。"

"好，"典善站起身，看了乱奘一眼，"我会如实传达。"

说完，转身背对四人走远。

典善走远后，乱奘对石冢说道："听见没？磁带就算是交给我了。它在哪儿？"

"在车上。"

石冢跑向自己的车。

乱奘接过磁带，将它随手扔进陆地巡洋舰的驾驶座，然后走回三人身边。

手里竟是一沓现金。

"拿去吧，这是收购磁带的钱。"

他把现金塞到石冢手里。

"这份是你们的。"

志村丈太郎和沙枝子也没落下。

一人一百万，总共四百万。

"少是少了点，凑合着用吧。"

"这钱是哪儿来的……？"沙枝子问道。

"宇田川给的。我都说不要了，可他非往我手里塞，说是封口费。现任议员企图绑架无辜妇女，能用这点钱摆平已经很划算了——"

乱奘一边说着,一边用粗大的手指轻抚沙门的喉咙。它已然蹲上了他的肩膀。

沙门还打着呼噜,愤愤不平。

兰陵王

らんりょうおう

闇狩り師

面具不仅附身于少年，还唤醒了隐藏在他内心深处的黑暗兽性。

兰陵王

雅乐曲目之一。自沙陀调编入壹越调的唐乐曲。既可用作管弦,又可用作舞乐。舞乐面具称作"兰陵"。此曲原为中国古代舞曲,由来于北齐兰陵王长恭用狰狞的面具遮盖俊美的容颜,大破敌军。

——岩波书店《广辞苑》

らんりょうおう
兰 陵 王

1

　　树木之间，港口的夜景若隐若现。

　　恰似璀璨的光粒散落在夜幕深处——不似宝石的光芒，更似人造玻璃的反光。

　　从这个不远也不近的地方望过去，光亮仍然清晰可见。

　　——车灯的光芒。

　　——万家灯火。

　　——路灯。

　　可以勉强从每束亮光中嗅出人的气味。需要两倍于此的距离，才能让它们变成纯粹的光点。

　　光的旋涡在海岸线处骤然断裂，前方是漆黑的汪洋，宛若无底深渊。

　　若干光点在黑暗中缓慢移动，那是船灯。

　　秋泽芙美子用眼角余光恍惚地追寻那些光点。然而，她的注意力并不在灯光上。

车窗紧闭，车灯也都关了。通过挡风玻璃看到的海港夜景，好似遥远的梦境。

芙美子的注意力集中在男人的手掌上，那只手隔着她的上衣，轻触她的胸口。

男人名叫泷川广行，是芙美子的未婚夫。婚礼定在了今年秋天。

泷川二十七岁。

芙美子二十三岁，这个春天刚从大学毕业。

已是晚上十一点多。

俯瞰港口的高地公园空无一人，附近也没有人家。

只要把车从柏油马路开进公园内的小路，便是恋人们最理想的幽会环境。

稍远处的路灯，将恰到好处的亮光洒进车里。

泷川的吻落在唇上，芙美子闭上眼睛。

泷川的舌头滑入女人唇内，与她的唇紧紧纠缠。

好深的吻。

片刻后，两人的嘴唇分开。

芙美子睁开眼睛。

泷川怀里的温香软玉瞬间僵住。

"怎么了？"泷川在芙美子的耳边呢语。

"有人偷看！"她的声音不再甜腻。

"什么？！"

泷川收回倒向副驾驶座的上半身，转向正前方。

らんりょうおう
兰 陵 王

　　眼前的挡风玻璃上，分明贴着一张男人的脸。那人站在车的侧面，身子靠在引擎盖上，窥视车内。

　　由于逆光，车里的人几乎无法看清他的表情。

　　突然，芙美子尖叫起来，紧紧抓住泷川。

　　因为另一张脸贴在了副驾驶座一侧的窗户上，那是一张稚嫩少年的脸，嘴角挂着浅笑。

　　驾驶座车门的窗口也有一张类似的脸。

　　副驾驶一侧的脸变成了两张。

　　都是年纪相仿的少年。

　　不知不觉中，泷川的车已被十多个人包围。

　　其中几人拿着棍棒模样的东西，像是球棒。

　　咚！

　　突然，剧烈的震感袭来——

　　少年之一用手中的球棒猛砸引擎盖。

　　"你们干什么！"泷川吼道。

　　没人答话。

　　他们沉默不语，带着浅笑，将车团团围住。

　　少年们的眸子里渐露凶光——

　　车顶和驾驶座的门再次响起猛烈的撞击声。

　　"住手！"泷川又喊了一声。

　　"这些人想干吗啊——"芙美子的声音瑟瑟发抖。

　　少年们仍是沉默，窥视车内的目光变得更加凶暴。

那是野兽的眼睛。

泷川本能地感觉到，不寻常的危险正在逼近。

所以他发动了引擎。

他们为什么要这样做？

泷川毫无头绪，未婚妻芙美子恐怕也一样。

"闪开！"泷川开动了车。

即便要从几个少年身上碾过，他也不在乎。

不是没发生过初中生成群结队袭击多名无辜流浪汉致死的案件。在纽约，光天化日之下，也有少年在公共场合聚众打死老人，以此取乐。他们会突然冲向坐在公园长椅上的老人，抡起球棒就打，然后逃之夭夭。

站在车旁的少年举起球棒。

响起金属玻璃碎裂的刺耳响声。

挡风玻璃上出现无数裂痕，视野之中瞬间一片雪白。

原来是全力挥下的球棒砸碎了玻璃。

这让泷川无法看清前方。

巨大的冲击力猛烈撞向车体和泷川的身体。车就这么停下了。

芙美子往前一冲，胸部撞上副驾驶座的前方。

引擎已然停止运转。

第二击也命中了挡风玻璃，玻璃四溅。

金属球棒的顶端钻了进来，击中了方向盘。

らんりょうおう
兰 陵 王

数根球棒接二连三地击打车身。何等疯狂的乱击!

车顶凹陷,玻璃破裂,碎片砸在泷川脸上。

泷川抬手挡脸,手顿时被血染红。

球棒每次砸来,芙美子都会发出尖叫。

泷川踹开车门,冲了出去。

浓郁的新绿气息裹住他的全身。

人群在沉默中包围了泷川。

放眼望去,都是十四五岁的少年。他们的眼睛在路灯下闪烁着诡异的光。

头顶樱花树的嫩叶在风中沙沙作响。

车迎头撞上小路边的樱花树干,停了。

"你们想干什么?!"说着,泷川一把扯下外套。

少年们一声不吭。

泷川的额头渗出颗颗汗珠。

少年们的黑暗波动震住了他。

他压低重心,摆出迎战姿势。

像模像样。

泷川身高一米七八,体格结实,一看就是习武之人。

他上高中时开始学习全接触空手道,是有段位的高手,闯入过全国大赛的半决赛。

如果一对一的话,他有信心击败大多数对手,同时对付多名黑帮混混的经验也是有的,算是身经百战了。

然而，此刻包围他的少年们和他此前面对的任何敌人都不一样。

十多个少年中，有五个拿着球棒。

如果对面只有一个人，哪怕他拿着球棒也不足为惧。因为球棒很重，无法快速挥动。若能击中，杀伤力当然惊人，但习武多年的人不会被轻易击中。更可怕的其实是木刀和铁链。

问题是——这群人里有五个拿着球棒。泷川同时对付三个已是勉强，五个绝对没戏。更何况，芙美子还在车里。

如果只对付一个，他还能找机会逃跑，可他无论如何都不能扔下芙美子。

突然，一个右手拿着球棒的少年发起攻击。

泷川躲过球棒，同时将鞋尖猛地捅入少年腹部。毫不留情。

球棒立时落地。少年被生生踹飞，瘦小的身体弯成了九十度。

泷川迅速捡起掉落的球棒，双手握住球棒两端，双臂打开，比肩略宽。那是棒术的握法，比起剑术的握法更为灵活。

球棒不够长，但他打算用它格挡，同时用脚攻击。敌人一旦露出破绽，就能用球棒顶端猛攻其面部。

"放马过来！"泷川吼道。

就在这时，人群朝两侧分开。

露出的那团黑暗中央，站着一个诡异的玩意。

らんりょうおう
兰　陵　王

　　怪异的金色面孔——

　　一张貌似魔物的脸飘浮在空中，大张着嘴，一脸怒容。一头群青色的头发，裸露的眼球和牙齿闪着银光。其耳朵上方长了金色的翅膀，头顶也有一只金翅鸟。

　　泷川意识到，那是某种面具。

　　那张脸乍看仿佛飘浮在空中，因为戴面具的人穿着黑色的衣服。

　　那人身材瘦弱，好像也是个少年。

　　忽然，面具少年释放出一股风似的瘴气。瘴气是那样刺鼻，让人想起血腥味。

　　少年悠闲地抬起一只手，在头顶一翻。手腕以下是那样雪白，在黑暗中格外显眼。另一只手紧随其后，沿同样的轨迹动了起来。

　　少年抬起右膝，以左脚为中轴，旋转起来，似是在表演某种舞蹈。

　　只见他踏了几步，前进些许，再把脚往后收。然后转身，脚擦着地走，摇头晃脑——

　　动作越来越快。

　　优雅的动作中，分明透着强劲的力量。

　　泷川心想，好像在哪儿见过类似的动作。

　　既像中国武术的某个招式，又像搏击手开打前在场上表演的舞蹈，却又与这两者有所不同。

泷川忽然意识到，自己原本熊熊燃烧的斗志竟消失殆尽。

他被面具少年的舞蛊惑了。

少年们都用某种诡异的眼神看着舞蹈。

——这是怎么回事？

泷川迟疑了，不确定这是逃跑的机会还是陷阱。

正当他犹豫的时候，假面少年已来到他的眼前，近到令人难以置信。

泷川的身体仿佛被引诱一般做出反应。

"呵！"

他以雷霆之势捅出球棒。

却没有打中的感觉。

就在他认定球棒已刺穿少年的刹那，少年浮上半空，脚尖轻点球棒顶端，飞向更高的地方。

头顶的樱花树梢一阵响动，少年的身体融入黑暗。

沙沙——树梢再次响起声音。

在泷川身后，黑影如鸟一般落下。

从未感受过的强烈惊恐仿佛锋利的针，刺入他的背部。

恐惧的惨叫声和鼓舞自己的吼声同时从泷川的喉咙里爆发。在他转身的刹那，横扫的球棒被弹到了半空中。

嗖！

伴随着与空气激烈刮擦的声响，某个细细的东西缠上泷川的脖子，泷川的身体翻倒在地。

らんりょうおう
兰　陵　王

手持球棒的少年们扑了上来。

在被第一根球棒击中之前，泷川清楚地听到了芙美子发出的凄厉惨叫。

2

这件事登上了第二天的晚报。

泷川广行受了重伤,淤伤遍布全身,内脏破裂,头骨凹陷。秋泽芙美子遭到性侵与殴打,同样身受重伤。

案发地点位于横须贺。据说袭击者是一群少年,领头的戴着面具。

一周后,类似的惨剧在镰仓上演。

午夜零点,在某电器工厂巡逻的两名保安遇袭。一人死亡,一人重伤。重伤的保安称,袭击者同样是十几名少年,其中一人戴着面具。

五天后的深夜,一对情侣在江之岛海滩遇袭。车被砸坏,男方重伤。女方同样遭到了性侵和严重的殴打。案情与第一起案件大致相同,女性受害者看到了戴着面具的少年。

三起案件的受害者均未丢失现金。

看来那些少年的目的仅限于施暴和破坏。

らんりょうおう
兰　陵　王

　　警方重点调查了湘南地区的不良少年团伙和飞车党，却一无所获。

　　十三天后，发生了第四起案件。

　　又过了八天，第五起案件随之而来。三人重伤，一人死亡。

　　以上案件均发生在湘南地区的僻静之处。

暗狩之师

3

在一辆轿车的带领下，十二辆摩托车在夜幕中的西湘支路挺进，平均时速一百二十千米。

左手边是被黑夜笼罩的相模湾。

碎在沙滩上的海浪是那样白。但涛声传不进摩托车手的耳朵。他们只能感受到座驾的轰鸣，还有扑鼻而来的潮香。

他们穿着的黑色皮夹克背面，印着鲜红的"激爱"二字。

而在他们身后约三十米处，紧跟着一辆车，那是一辆陆地巡洋舰。

排量为 3168cc 的柴油发动机发出沉重的咆哮，恰似追赶鹿群的狮子。

住在小田原市的早川出了西湘支路，摩托车大军和领头的轿车拐进真鹤公路。

陆地巡洋舰紧随其后。

出了根府川隧道，车队驶入左侧的松林。

らんりょうおう
兰 陵 王

　　松林中有一个大型停车场，专为夏季的泳客准备。停车场深处是一片盲区，路上的人根本看不到那里。路面未经修整，放眼望去，尽是原生态的沙土，野草随处可见。再往下走两步便是海滩。

　　车灯划破黑暗，陆地巡洋舰摆动着巨大的车身驶入松林。

　　停在一起的摩托车和轿车浮现在车灯的光芒中。

　　陆地巡洋舰熄了火，大灯却仍对着那些摩托。

　　车手们早已下车。

　　他们摘下头盔，远远地围着陆地巡洋舰。

　　陆地巡洋舰的车门开启，走出一个巨大的人影。

　　对面的轿车也亮了大灯，使那人的全身显现于黑暗之中。

　　好一个彪形大汉！竟比一米九三的陆地巡洋舰车顶还高，粗犷的车体在他的衬托下都显得娇小了几分。

　　他的躯体有着不逊色于车重的重量。

　　大腿绷得极紧，几乎要将牛仔裤撑破。包裹在 T 恤中的躯体好似超大号的木桶。

　　双肩壮得仿佛是被石头填满的，中间生出粗壮的脖子，脖子上面搁着四四方方的下巴。

　　此人正是九十九乱奘。

　　一只黑猫坐在他的左肩。

　　乱奘睥睨在场的众人，那群人看起来不过十来岁，怕是才上高中，最多二十出头。

"为什么跟踪我们?"首领模样的人恶狠狠地问道。

他看着最年长,留了小胡子,却还不成样子。

"他从横须贺一路跟到了这儿!"站在小胡子旁边的人说道。

他的右手缠着一条链子,链子垂了一截下来。一看就是用惯了链子的老手。要是不小心被那玩意"摸"一下脸,脸颊搞不好要少块肉。从某种角度看,链子是比刀更危险的武器。

乱獒瞥了眼链子,又望向小胡子。

"我叫九十九乱獒——"

"有何贵干?"小胡子问。

"找人。"

乱獒言简意赅。

"什么?"

"你们之中应该有个叫坂井隆夫的——"

"什么坂井?我可不认识!"

乱獒的躯体过于震撼,吓得他两腿直发软。

"声音都发颤了,小朋友。要装傻也得找个儿童剧团学一学再来。"

"你竟敢瞧不起我!"小胡子的眼睛迸发凶光。

"饶了我吧,我嘴臭是天生的。如果可以,我想太太平平地解决这件事。实在不行……"乱獒瞥了他们一眼。

他们一声不吭,却默默缩小了包围圈。

小胡子压低重心,龇牙咧嘴道:"大块头,你是想同时对付

らんりょうおう
兰 陵 王

这么多人吗?"

"是啊。"

乱奘狂妄地勾起厚唇,露出一排白牙,仿佛大型肉食动物对一群鬣狗龇牙。

无声的压力将正在缩小的圈子推了回去。

"开了这么一路,肌肉都僵了。这人数倒是刚好够我松松筋骨——"

他们完全被乱奘震住了。

乱奘随意地往前走了几步,动作无比优美,好似野兽,丝毫感觉不到重量。一圈人连连后退。

"我不会主动出手的,想学打架的人尽管放马过来。"

话音刚落,往后缩的链条男一跃而起。

"混账!"

链条撕破夜色,发出一阵怒吼,顶端掠过乱奘的鼻尖。

"差一点。"

乱奘一边说,一边往前一探,不等第二波攻势发动,便来到了那人面前,抓住了对方的双肩。

"噫!"

那人怪叫一声,松开链子,没出息地嚷嚷起来。

"怎么样,疼吗?"乱奘问道。

那人的下巴不住抽搐,好不容易才点了点头。看来乱奘是点了相当管用的穴位。

"给我上！"小胡子喊道。

乱奘的双手明明正忙着按住链条男，却愣是没有一个人敢动。

"该死！"小胡子冲向自己的摩托车，跨上去点火。看来是打算开车撞人。

乱奘松开链条男的肩膀，迅速移动。

刹那间，乱奘便站在了已然发动的摩托车正前方。

只见小胡子跨坐在前轮上，反手握住车把。

摩托车纹丝不动。后轮不断空转，掀起阵阵沙土。

是乱奘硬生生按住了车。手臂和肩膀的肌肉高高隆起，仿佛一块瘤子。

"川崎400啊。用了哪家的消音器啊？吵得像马口铁似的。"

乱奘的嘴唇在小胡子眼前勾出一个笑。

小胡子呻吟着扭动油门，上下晃动身体，摩托车的后轮卡进沙地。乱奘的身体在推力的作用下后退几分。

"嗯——"乱奘松开反握车把的手，将手臂插到车把下方。撼动夜幕的狮吼声自乱奘的喉咙里爆发。

他保持着胳膊卡住车把的状态，上半身猛然后倾。

摩托车的后轮顿时悬空，划出一条巨大的弧线——这是何等惊人的臂力！

他竟把格斗技"双臂过肩摔（Double Arm Suplex）"用在了摩托车上。

らんりょうおう
兰 陵 王

连人带车，两百多公斤的重量，就这样被乱奘掀飞了。

小胡子在乱奘头顶被甩下了车，而脱离乱奘双手的川崎400摩托车则在转了一整圈后，落在五米开外。

对在场的所有人而言，这一幕好似令人刻骨铭心的慢动作影片。

他们完全吓傻了。眼里写满了"难以置信"这四个字，仿佛刚见证了奇迹。没人敢说一句话。

地上的小胡子抬头望向乱奘。

"牛哇……"

最先喃喃自语的是用铁链攻击乱奘的那个人。

"牛哇，你好牛哇！"他两眼放光，连连赞叹。

"那就把坂井隆夫交出来。"乱奘站直了身说道。

拂去身上的沙子，逃到一边的沙门蹿上乱奘的身体，回到乱奘的左肩。

它用金绿色的眼睛瞪了众人一眼，卷起红色的舌头叫了一声，仿佛能听懂乱奘的话。

"好！"

链条男冲向那辆轿车，无人阻拦。

"他就是隆夫。"

一个初中生模样的少年走下车来，战战兢兢，一副心神不宁的样子，甚至不敢与乱奘对视。

"找你好久了，坂井。听说你都一个月没回家了。"

暗狩之师

坂井垂着头,咬着嘴唇。

"——刚好是那天晚上走的。"乱奘如此说道。浑厚的嗓音变得分外柔和,反而令人不寒而栗。

坂井身子一抖。

"我什么都不知道!什么都不会说的!"他用高亢的少年声线喊道。

"怎么了?难道说了会发生什么吓人的事吗?"

乱奘话音刚落,坂井便瑟瑟发抖,怪叫着猛扑向乱奘。

少年用小小的拳头叩打着乱奘的身子,哭了。

らんりょうおう
兰　陵　王

4

　　一个少年走出校门。门口挂着写有"明泉中学"的牌子。

　　鹅蛋脸，白白净净。略鬈的头发搭在额上。眼睛大又黑，鼻子很挺，好似人偶。浅朱色的嘴唇甚至有几分少女的韵味。

　　然而，他浑身上下的气质并无女孩的纤弱。他的美好似傲然挺立的花。

　　少年走出校门，左拐。

　　正是放学时间，几个初中生走在他前后。

　　而在他的右前方，停着一辆陆地巡洋舰。

　　少年正要经过，却有人喊住了他："是神奈村光浩同学吗？"

　　陆地巡洋舰的驾驶座上，有个彪形大汉看着神奈村光浩。出声的人就是他。

　　"对。"

　　神奈村光浩如此回答，声音镇定得不像少年人。

　　彪形大汉——九十九乱奘报出少年的名字之后，低声问道：

暗狩之师

"认识坂井隆夫吧?"

"我们上同一个补习班。"

"我想和你谈谈,有时间吗?"

乱奘将壮硕的手臂搁上驾驶座的窗框,毫不客气地注视着少年。

"我还有事——"

"不就是去你刚才提起的那个补习班吗?我开车送你。路上这点时间足够了。"

"你见过坂井?"

"昨天见的。他混了个飞车党,人都吓坏了,说暂时不想回家——"

乱奘打开副驾驶座的车门。

"上来吧。"

他正视少年乌黑的眸子说道。

少年几乎面无表情,与乱奘对视片刻。

"那就麻烦你了。"

他微微欠身,然后钻进车里。

陆地巡洋舰立即开动。

看来乱奘知道补习班的位置。

"听过这首诗吗?"

乱奘看着前方,向少年发问,然后念出这样一首诗:

黄金面色是其人,

らんりょうおう
兰　陵　王

手抱珠鞭役鬼神。

疾步徐趋呈雅舞，

宛如丹凤舞尧春。

"这是朝鲜史书《三国史记·乐志》中的一首诗，据说它跟唐代散乐歌舞戏中的曲目《兰陵王破阵曲》有关，描写了扮演兰陵王的舞者随雅乐起舞的身姿和动作——"

乱奘停顿片刻。

少年沉默不语。

"一千四百多年前，确实有兰陵王这个人。他是中国南北朝时期的北齐宗室，听说长相非常俊美，就跟你一样。所以，他上战场的时候都会戴上可怕的面具，免得被敌人看轻。雅乐《兰陵王》讲的就是他的故事。后来，这个曲目传入日本，其中的舞蹈动作非常快，表现了战场上的厮杀情形。"

"是吗？"

"都是你从图书馆借的书里写的。"

乱奘一字一句地说道，似乎在试探少年的反应。

"你查过我？"

少年的声音几乎毫无变化。

"嗯，花了近半天时间。"

"这就是你想谈的？"

明明是少年的音色，语气却十分老成。那分明是和乱奘平起平坐的口吻。

"话说——"乱菐也没有用和初中生对话的口气,"——约莫一个半月前,你是不是在横须贺港的某个地方捡到了一个包裹?"

"……"

"里面装着《兰陵王》舞者佩戴的面具,还有一根朱红色的鞭子。"

"这是你瞎编的?"

少年冷冷地回答,美丽而没有表情的脸仍对着前方。

"那就再给你讲个瞎编的故事好了。这事连你都不知道。三百五十多年前,朝鲜是李氏的天下。在侍奉王室的武将里,有个叫金信洛的。他虽是一介武夫,却酷爱雅乐,自己也会跳各种舞。据说他尤其擅长跳《兰陵王》,比王室御用的舞者跳得都好。他甚至自掏腰包,命人用黄金打造了兰陵王的面具。面具做得格外精美,于是他砍下了雕工的双手,弄瞎了人家的眼睛,免得那人再雕出一样的面具来——"

"哦。"

少年的声音微微颤抖。

"他的未婚妻是个舞女,某日,不小心踩到了那个面具,结果就被他杀了。五年后,金信洛在一场宴会中与某人发生争执,被人一刀捅死了。有人说,行凶之人是被他杀害的舞女的父亲收买的。金信洛倒也没有当场丧命。他戴着兰陵王的面具,熬了三天三夜,才死在了自己家里。"

らんりょうおう
兰 陵 王

"……"

"那个面具做得太好了,所以频频被转手。但是它的历任主人和他们周围的人都灾祸不断。几个月前,一个风雅的日本人斥巨资买下了它……"

"这故事还挺有意思。"

"问题是——这面具毕竟是文物级的玩意,不好随随便便送出国,所以只能走私偷运。最近,它漂洋过海,来到了横须贺。谁知在运输途中,有人一不小心弄丢了装有面具的包裹,而捡到包裹的人就是你。"

"所以是买家委托你寻找失物?"

"差不多吧。"

"但这不关我的事。"

少年的语气依然冷淡。

"装傻是行不通的。坂井都招了。"

"坂井?"

"坂井说,他在第一晚被那个姓泷川的人踢中了心口,就这样清醒过来。心口那儿有个穴位,对方一踹,恰好帮他解了咒。于是他就逃了。"

"真复杂。"

"是你操控了补习班的同学,袭击了那些情侣和保安。不,准确地说,罪魁祸首是附身于你的兰陵王面具。你戴面具只是为了好玩,没想到它趁机上了你的身。"

"停车。怪力乱神的故事我听够了。"

陆地巡洋舰停了下来。

神奈村光浩把手搭在门上。

"等等,我有个东西要给你看。看完再走也不迟。"

乱奘伸手拿起后座上的纸包。

"打开瞧瞧。"

他把包裹扔到少年膝头。

少年用葱白的手指打开包裹。

映入眼帘的是一块布。虽然略有褪色,但还留有鲜亮的红色。

惊骇在少年心中凝结。白皙的手指微微颤抖。

"这是……"

他抬起头,瞪着乱奘。

寒光四射的眼神。呼出来的气仿佛也混合了腥臭。

"《兰陵王》舞者表演时穿的裲裆[1]。"乱奘如此回答。

裲裆是一种类似日式罩衫的上衣,套着穿,头从上方的圆形洞口钻出来。

"漂洋过海的可不单单是面具。"

少年的脸颊微微抽搐。

他似乎正以惊人的自制力去压制涌上心头的冲动。

---

[1] 一种盛行于两晋南北朝的背心式服装。

らんりょうおう
兰 陵 王

　　乱荛收起少年腿上的布。

　　又在他面前摊开。

　　布的胸部和腰部绣有两个圆圈，两个圆圈里面各有一条龙。圆圈之外是五色祥云，再外面是白布，然后以深红色的布镶边。

　　"想要吗？"乱荛问道。

　　少年用灼热的目光盯着乱荛。他的脸很美，却有着逼人的气势。瘴气自全身冉冉升起，仿佛携着恶臭。

　　"想要就来拿，带上面具。今晚十二点到一点，我会在第一晚那个公园等你。"

　　瘴气自少年的身体中释出，仿佛褪去的热度，在他红色的嘴唇上留下让人毛骨悚然的笑。少年的嘴唇两端猛然吊起，呈诡异的月牙形。

　　他推门下车。

　　走了几步后，回头望向乱荛。

　　"其实啊，每个人都想大闹一场的……"

　　少年低声说着，似是在轻声讲述一个秘密。

　　他的脸已恢复成乱荛初见时的模样，没有表情。

5

樱花树叶在陆地巡洋舰车顶上方沙沙作响。

午夜零点已过,海风渐起。

沙门睡在膝头。乱奘把手搭在它背上,凝视黑暗。

在两名保安遭到袭击、其中一人丧命的第二天,他接到了关于此案的委托电话。

委托人的要求并非找回面具,而是毁掉那个带有邪力的面具。

调查了整整八天,乱奘终于打听到有个叫坂井的少年自第一起案件发生的那个夜晚就辗转各处,没回过家。

据说,在某家小酒馆聊起这一系列的案子时,坂井表现出了明显的抵触和反感。

"我不想听。"

他畏缩着撂下这句话,起身离去。

乱奘找到坂井,顺藤摸瓜,终于查到了"兰陵王"的下落。

らんりょうおう
兰 陵 王

——问题是,他会来吗?

应该会。

乱粪如此估算。

因为对他来说,赴约是为了拿回属于自己的东西。

少年在看到裲裆时,散发的妖气显然不属于他本人,而是出自附身于他的玩意。

"每个人都想大闹一场的"。

乱粪想起了少年临走时说的话。

正因为心中有凶暴的野兽,人才会被附身。换句话说,是兰陵王面具的内核与少年的内核实现了完美的融合。

面具不仅附身于少年,还唤醒了隐藏在他内心深处的黑暗兽性。

沙门的毛皮在乱粪手中起了变化。纯黑的毛发根根竖起,仿佛带了静电。

金绿色的眸子睁到了最大。

它轻唤一声,震撼了车内的空气。挺立的尾巴分成两半。

"来了——"

乱粪打开大灯。

一群少年的身影浮现在前方的黑暗中。他们神情诡异,目露凶光,嘴角挂着僵硬的浅笑,好似笑着死去的人。

却不见神奈村光浩。

乱粪一只手捧着裲裆,开门下车。

突然间，球棒自两侧呼啸而来。

"咻！"

尖锐的呼气声自乱奘唇间发出。

他右掌向上，推开自右侧袭来的木制球棒。

球棒顿时一折为二，前半截飞向半空，撩动些许樱花树叶，消失在黑暗中。

从左边袭来的金属球棒则几乎弯成直角，因为它被乱奘以左手接住了。

此时，乱奘的右腿早已离地，生生撕开夜幕。

乱奘对准他们的腹部各来了一脚，迅速撂倒了他们。脚下是留了情的。

两人甚至无暇喊叫。

少年们形成的包围圈逐渐缩小。

四周更显得阴森诡异。

如死者一般的笑容紧贴在他们脸上。

"滚出来，神奈村！"乱奘低吼。

他展开裲裆，随手将它扔到地上。

又从牛仔裤口袋里拿出一个小瓶子，把里面的液体倒上去。

"这可是汽油。你不出来，我就一把火烧了裲裆！"乱奘拿着打火机说道。

突然，少年们的队伍朝两侧散开。

黑暗的深处，站着一个头戴金色面具的少年。

らんりょうおう
兰 陵 王

有着群青色头发的魔物面具对着乱荛，露出银色的眼珠和森白的牙齿。由于车灯的光亮偏向一侧，衬得他如幽鬼一般。

充满恶臭的妖气滚滚而来。

少年白皙的右手腕缓缓抬起，左手紧随其后。

兰陵王之舞正式开演——

伴奏便是在夜色中沙沙作响的樱花树枝丫，从小乱声至乱序，舞速逐渐加快。

何等动人的庄严舞姿！

那些动作仿佛是在邀请观众进入古代王朝的梦幻世界。

少年和乱荛之间的距离缩短了一半。

先动手的是那个少年。

妖气如爆炸般膨胀。只见他以雷霆之势抬脚攻向乱荛的脸。那动作华美至极，与舞蹈融为一体。

气的压力自乱荛的体内释放。他用左手肘向上格挡，几乎感觉不到任何冲击。

少年的身体浮上半空，以伸出的脚轻踢乱荛的肘部，轻盈地飞向更高处。

樱花树的枝丫哗哗作响，少年就这样离开了乱荛的视野。

在樱花树枝丫再次响动的刹那，少年从天而降。

这一回，乱荛巨大的身躯跃向了他。

两具身体在半空中相撞。

乱荛落地时，一条柔软的红色鞭子缠住了他的脖子。鞭子的另一端握在戴金色面具的少年手中。

鞭子陷入乱奘粗壮的脖子，比一厘米还深。

但它的力量不足以勒紧他的颈部肌肉，不能妨碍他呼吸。

乱奘的右手握住了紧绷的鞭子，然后用力一拽。

少年在绝妙的时机上前。他利用乱奘拉扯鞭子的力量跃到空中，企图用脚攻击乱奘的脸。两条腿接连发动强烈的攻势。

乱奘不得不全力躲避。

无暇利用鞭子变松的空当将它解开。

呼——

这时，乱奘的喉咙响了。

他可以呼吸，但呼吸得并不顺畅。

少年的力量非常强大，让人难以相信这只是一具少年的身躯。在被这样的力量勒着脖子的状态下搏斗，显然对乱奘极其不利。因为他无法畅快地呼吸，必定会迅速耗尽氧气，动作也会变慢。

某种不属于这个世界的妖力控制了这个少年。

少年和乱奘再次面对面。

乱奘的厚唇上浮现狰狞的笑。

他早已松开握着鞭子的右手。此时，握在他右手中的是一个打着火的打火机。

在他的手中，打火机的火焰烧得更旺了。因为乱奘把气闸拨到了最大。

らんりょうおう
兰　陵　王

　　他咧嘴一笑。

　　少年正欲行动，燃烧着的打火机却从乱笅的右手飞向黑暗，落在了乱笅刚洒了汽油的裆裆上。

　　红莲之火轰然而起。

　　面具深处传出了一声呻吟。

　　那是成年人的声音，而且说的显然是异国语言。

　　乱笅巨大的身躯在黑暗中疾驰。

　　手刀撕裂夜风，狠狠地砸在面具上。

　　少年向后倒去，随即起身。

　　他与乱笅面对面，相隔数米。

　　面具被劈成两半，露出神奈村光浩的俊美容颜。

　　裆裆上的烈焰之色倒映在他乌黑的眼眸中。

　　他看着乱笅，眼神中尽是不可思议。

　　"我这是怎么了……"少年神情愕然。

　　"你做了个梦。一个噩梦……"乱笅低声回答。

白猿传

はくえんでん

闇狩り師

猴子明明是野兽，却对人生出了欲望。

猴国马化

蜀中西南高山之上，有物与猴相类，长七尺，能作人行，善走逐人，名曰"猴国"。一名"马化"，或曰"玃猿"。伺道行妇女有美者，辄盗取将去，人不得知。（中略）故今蜀中西南多诸杨，率皆是猴国、马化之子孙也。

はくえんでん
白 猿 伝

　蜀中西南部的高山上，有一种动物与猴子相像，身长七尺，能像人一样直立走路，善于奔跑追人，名叫"猳国"，又叫"马化""玃猿"。它们窥伺路过此地的美貌妇女，将她们偷走或抢走，人们不知道它们究竟把这些美女带到了什么地方。(中略)因此今天蜀中西南地区有很多姓杨的人，大多是猳国、马化的子孙。

——《搜神记》

　怅然自失曰："吾已千岁，而无子。今有子，死期至矣。"因顾诸女，汍澜者久。

　它怅然自失地说："我已经活了千岁，却没有儿子，现在有了儿子，我的死期就要到了。"于是环顾着众女子，久久地流着眼泪。

——《补江总白猿传》[1]

---

[1]　唐代的一篇传奇，讲述欧阳纥在妻子失踪后，决心四处探寻，最后设计救出妻子，并血刃白猿的故事。

暗狩之师

1

小路蜿蜒而下，穿过一片针叶林。

随处都是探头的岩石，白叶冷杉与鱼鳞云杉的树根纠缠于其上。

实在走不快。为避开岩石和树根的小动作对疲惫不堪、忍着热气的双腿也是莫大的负担。有些地方还得扶着岩石、抓着树根爬下去。路上有不少倒下的树木，这是去年过境的大台风的手笔。背着背包钻过倒下的树木分外吃力，可翻过去也麻烦得很。因为留在树干上的枝条会把身子卡住。

山脊棱线附近的雪地反而好走得多。

这是一条被废弃的小路。在地图上用虚线标记。

下山的是两个女人——成川佐知子和矢岛雪江。

决定走这条路的是佐知子。

因为在翻越"圣岳"[1]，前往奥上河内岳棱线的途中，雪江踩

---

[1] 日本第一高峰富士山，日本人称之为"圣岳"，是日本的象征。——编者注

はくえんでん
白猿传

到一块石头，扭伤了左脚踝。虽然不至于完全走不了路，但走棱线需要爬上爬下，怕是够呛。但折回"圣岳"，走正规路线下到圣泽桥的难度更高。

佐知子和雪江都就读于东京某私立大学。佐知子二十一岁，雪江十九岁。

佐知子的登山经验更丰富一些，她上高中时就参加了登山社。自然不用说，这次的路线她已走过许多次了。

雪江却只爬过东京周边的山。然后就是跟着佐知子爬了两三次飞驒山脉难度最低的山头。

而这一次，佐知子邀请雪江同去爬赤石山脉。

她觉得雪江是时候见识见识赤石山脉了，特意选了六月初，好赶在梅雨来临之前，品一品新绿最美的季节。

佐知子有责任把雪江平安带回家。

她知道有一条废弃的小路，自鞍部向下，通往奥上河内岳。两年前，她在同一条棱线上遭遇雷雨，当时就是走这条路下的山。走上四个多小时，就是一条森林公路。再沿着公路往下走不到一小时，便能到达大井川森林公路。从那儿去圣泽小屋，用不了半小时。

要是不考虑去年那场台风的影响，走这条路确实是明智的决定。佐知子也没料到，路上会有那么多倾倒的树木。

穿越针叶林耗费的时间几乎是原计划的两倍。

林中的枞树和铁杉多了起来，还混进了榆树之类的阔叶树。

暗狩之师

灌木渐增。

透过树林，积雪未消的岩峰若隐若现。

空气清冽。

新绿的气味融入风中，还混入了一丝溪流深处和棱线附近的残雪气味。离高原上石楠杜鹃盛放的时节仍有些时日。

春夏之交，不过寥寥数日。

透明玻璃般的季节——

那是一年中最美好的时光。

起初，佐知子和雪江还有闲心享受意外带来的下山之旅。然而，走着走着，闲情逸致变成了焦躁。

如果能在天黑前下到森林公路，就能借着车灯的光亮到达小屋。问题是——这个希望已愈发渺茫了。露宿装备是带了的，但她们并不想用。

佐知子的鼻子捕捉到了些许自己的汗味。那是一种不可思议的气味，既新鲜又熟悉。

忽然，鼻子又闻到了某种生物的气味。

不属于她和雪江。

分明是野兽的气味。

"你看——"雪江的声音从她身后传来。

佐知子回头望去，只见雪江停了下来，抬着头，目光定格在远处的榆树枝头。

高大树梢上的新绿在微风中摇曳，沐浴着偏向伊那一侧的

はくえんでん
白 猿 传

余晖，闪闪发光。

一个黑影在枝叶中一动。

"那是不是猴子啊？"雪江问道。

佐知子凝神一瞧，的确是一只猴子。抓着细枝动来动去的黑影是它的剪影。

"是。"

佐知子点点头，却又觉得怪怪的，好像有什么地方不对劲。

这并不是她第一次在赤石山脉看到猴子，应该有个三四次了。但这次的猴子有点奇怪，和以前见过的不太一样。可她又说不出怪在哪里。

雪江大概是第一次见到野生的猴子，有些兴奋。

"它好像在看我们。"

听到雪江随口说出的这句话，佐知子突然找到了自己生疑的原因。

——那猴子为什么不逃？

佐知子疑惑不解的正是这一点。

之前见到的野猴都是见了人撒腿就跑，弄得枝叶沙沙作响。就算不跑，至少也会挪到更远的地方去。这是野生动物遇到人类时最自然的反应。熊也好，羚羊也罢，猴子当然也不例外。野兽会敏感地捕捉到人类的存在，然后找地方躲起来。这就是在山区很少能用肉眼看到野生动物的原因。就算看到了，那也是远去的背影，或是警惕的目光。

暗狩之师

栖居在箱根周边和人类居住区附近山里的猴子们习惯跟人打交道，它们会向游客索要食物，甚至会和人一起泡温泉。但这种情况是例外中的例外。

刚才看到的猴子不仅没有逃跑，还盯着她们看。

这很奇怪。

"看，那边也有！"

雪江伸手去指。

第一只猴子所在的树枝上方，竟然还有一只猴子。不，不止一只。仔细观察，就能发现各处的树枝上都蹲着猴子，不计其数，多到佐知子纳闷"之前怎么就没看到"。

肯定有近百只。一个个黑影在新绿中随风摇摆。

多么奇异的景象。

猴子是群居动物。

猴群规模各异，有十多只的规模，偶尔也有数百只的规模。因此，"成群结队的猴子"本身并不稀罕。奇异的不是猴子的数量，而是它们不逃，不跑，看着下面。

"好多啊……"

雪江的音量变小了。

饶是雪江也觉察到了异样，她忧心忡忡地凑到佐知子身边。

红色登山衣下的肩膀蜷缩起来，乌黑的大眼睛中闪过一丝恐惧之色。雪江有一张鸭蛋脸。在红衣的衬托下，姣好的面容显得分外苍白。

はくえんでん
白 猿 传

两人继续往前走。

头顶上的树梢沙沙作响。猴群竟跟着她们动了。

"它们好像跟来了。"雪江抬头看了一眼树梢,嘟囔道。

佐知子默默赶路。

"噫!"

突然,一只猴子发出高亢的叫声。

"嚯!"

"嗬!"

"嗬!"

其他猴子如此回应。

猴群愈发吵闹。

两人往下走了三十多分钟,猴群却没有远去。它们显然在跟踪她们。她们停下的时候,猴群也会停下。而她们一旦走起来,猴群也会跟着移动。

微微的不安逐渐转变为确切的恐惧。

她们本想认为这只是一个巧合——只是猴子好奇心强。

但事实似乎并非如此。

猴群的骚动带上了明确的含义。

"嗯,啊啊啊……"

"嗷……"

"咔,咔,咔,咔咔咔咔……"

猴子发情了。那些叫声与发情的猫非常相似。

203

暗狩之师

问题是——现在是六月。而猴子的发情期通常在十二月至次年三月。

但佐知子和雪江并不清楚这些。

她们不了解猴子发情期的叫声是什么样的，更不知道猴子一般在什么时候发情，却能感觉到那些猴子不对劲。

"噫……"

"嗷嗷……"

"咔咔咔……"

猴子们的叫声愈发响亮，动作愈发激烈。

刚才停下的时候，佐知子已经拿出了包里的冰镐。后来便一直拿着它走。手心都出汗了。

溪流已经照不到阳光了。

薄薄的黑暗在森林底部蔓延开来。

猴群步步紧逼。

不知不觉中，它们的位置变低了。

"嗷！"

猴子发出尖锐的叫声，背后响起雪江的尖叫。

只见一只猴子紧紧抓住雪江的头，臀部猛烈抽动。这是明显的爬跨行为[1]。

"咔咔……

---

[1] 爬跨是哺乳动物的一种行为，一般在发情期出现，即雄性动物谋求与雌性动物交配的行为。——编者注

はくえんでん
白 猿 传

"咔咔……

"咔——"

猴子两眼充血,露出粉色的牙龈和森白的牙齿。令人毛骨悚然的景象。

猴子明明是野兽,却对人生出了欲望。

养在动物园的猴子爱上男性或女性饲养员的例子倒不是没有。这是动物的印随行为[1],它们会把出生后看到的第一个人当成自己的父母。但佐知子此刻目睹的景象不属于这种情况。

这应该是很不正常的。

佐知子打了好几下,那只猴子终于松开了雪江的脑袋。雪江紧紧抓住佐知子,喉咙里发出压抑的尖叫。

两人已被近百只猴子组成的猴群团团围住。

佐知子注意到自己的双腿正不受控制地颤抖。她甚至想替雪江尖叫出来。如果雪江是个男人,她早就喊了。如果她只有一个人,也许已经尖叫着逃跑了。

踩到树下杂草发出的闷声传来。

佐知子转向声音的来处,脖子上的汗毛都竖起来了。

只见昏暗的森林中站着一个巨大的黑影。有那么一瞬间,佐知子还以为那是个人。但它不是。它全身长满兽毛,背部像长了瘤子似的隆起。

---

[1] 一些刚孵化出来不久的幼鸟和刚生下来的哺乳动物,学着认识并跟随它们所见到的第一个移动的物体。——编者注

那是一只骇人的巨猿。

不，准确地说，它也不是猿猴，而是某种别的东西。

身高肯定有近两米——搞不好不止。

巨猿一跃而起。看起来是轻巧的一跳，却一下子就来到了佐知子面前。

佐知子挥舞冰镐，疯狂地攻击巨猿。冰镐尖锐的顶端若能命中巨猿面部，它恐怕也无法全身而退。

谁知冰镐的手柄断了，生生弹开。

巨猿用右手横扫冰镐。单这一个动作，便弄断了冰镐坚硬的手柄。

巨猿转而跳向雪江，一把抱住了她。

佐知子正要喊，一个东西跳进了她的嘴里，堵得她说不出话来。

那是一根黑色的棍子，大约有成人的手腕那么粗。软软的，长了毛，仿佛一条巨型毛虫。它蠢动着钻进了佐知子的嘴。毛虫蠕动的触感擦过她的喉咙，深入食道。

佐知子无法呼吸，视野模糊。

意识逐渐远去。

昏迷前，佐知子亲眼看到巨猿怀抱昏厥的雪江，腾空而起。

它以抱着人的状态，跳上了上方的树枝。

佐知子的视野内随即变得一片漆黑。

はくえんでん
白　猿　传

2

　　一辆陆地巡洋舰沿大井川森林公路盘旋而上。

　　柴油发动机发出巨大的咆哮声。

　　开车的是个壮汉。

　　他从静冈过来，花了两个多小时穿过井川湖和畑薙湖这两片人工湖。

　　清爽的风透过敞开的车窗吹进来，满是新绿的芬芳。

　　风拍打着壮汉厚实的脸颊。

　　厚实的不光是脸颊。他全身都像岩石一样粗犷。黑色Ｔ恤衫的布料几乎要被壮硕的身躯撑爆。包裹上臂的袖口仿佛稍一用力就会撕裂。

　　隆起的双肩之间生出粗壮的脖子，脖子上面是一张四四方方的脸。

　　看着像三十岁出头。嘴唇很厚，略微紧抿。

　　鼻子很塌，近乎"狮子鼻"。

这长相着实算不上美男子。但这并不意味着他的脸没有吸引力。

恰恰相反，这张脸有某种神奇的魅力。

他表情凝重，显得不太和气，却又好像能在一瞬间变成任何一种表情。

尝遍辛酸的人忽然展露的笑颜最是动人。同理，他的脸也让人好奇他笑起来会是什么模样。

恍惚的双眼盯着前方。与其说他在看风景，不如说在审视内心。一副若有所思的样子。

不过打方向盘的动作仍是精准稳当。

此人名叫九十九乱癸。

乱癸左肩坐着一只黑猫。

他管它叫"沙门"。

"沙门"即佛教的修行僧。

开到圣泽桥附近时，乱癸将方向盘往左打，拐进溪边的林间小道。

这条路很是崎岖。

去年的台风造成的破坏尚未修复。到处都是右手边的山崖掉落的石块。路况如此之差，只有陆地巡洋舰这种底盘高的车才搞得定。

当然，这条路并没有经过铺设。

碰上陆地巡洋舰也翻不过去的石头，乱癸便下车，用手将

はくえんでん
白 猿 传

石头挪开。

行驶近十五分钟后,乱癸踩下了刹车。

右侧的山崖坍塌了,挡住了去路。落下的泥沙在路上堆出一个土坡。

要继续前进,就得横跨土坡。陆地巡洋舰的直线爬坡能力很强,但横跨土坡是另一码事。毕竟坡度太大,车很容易翻倒。要是在这儿翻了车,就会掉进左边的溪流,落差近二十米。车也许会被山坡上的树木挂住,可就算是挂住了树木,也和坠入溪流大同小异。

开到右手边紧挨着山崖的地方,从土坡右侧爬上去,再下到另一边,倒还有些可行性。面朝左侧溪流的坡面也略微平缓一些。

关键在于轮胎将要接触的沙土的状态。

乱癸扛着沙门下车。

这是为了检查沙土的情况。

即将爬到土坡顶端时,乱癸停了下来。

因为他看到一个男人站在土坡的另一侧。那男人穿着牛仔裤和运动鞋,上身是一件棉质衬衫。男人的肩上背着一个小包,像是被人从东京的大学校园带来了这儿。

这身打扮与周遭环境格格不入。恐怕不是开车来的。他八成是先坐公交车,然后走到了这里。怎么看都不像是登山者。

乱癸的身高两米左右,而他的个子竟和乱癸差不多。不,

暗狩之师

说他是"男人"并不贴切,他的脸上明明稚气未脱,也就在二十岁上下。

与乱粪相比,他的体格还很瘦弱。

他——那个青年正抬头仰望右边的山崖,脸上带着如梦似幻的表情。乱粪无法根据他的侧脸判断他有没有察觉到自己的存在。

"看什么呢?"乱粪低声问道。

"猴子——"青年保持仰头的姿势,喃喃自语。

乱粪追着他的视线望去。

山崖上长着一棵山毛榉,枝繁叶茂,几乎盖住头顶。阳光洒在树上,让整棵树散发出绿色的光辉。树梢在风中上下摆动。

有黑影在枝头移动。

那是一群猴子。

仔细观察,便会发现有无数个猴子的黑影在山崖的树木中移动。它们悄然走动着,似是在观察下面的青年。

气氛有些诡异。

猴子轻声啼叫,宛若鸟鸣。

"啾——"

"嗷——"

"咯咯……"

那是与上位者打招呼的叫声。

叫声并不吵闹,反而带有一丝琢磨对方身价的意味。

はくえんでん
白 猿 传

科学家采录到的"猴语"已有三十七种。语言模式基本相同,就是在不同猴群中的含义略有不同。

多么神奇的景象。

乱奘将视线转向青年。

"抱歉,你能不能让一让?"

"让?"

青年第一次将脸转向乱奘。

他有一双和善的眼睛。柔软的头发搭在白皙的额头上。

"我想把车开过来。"

乱奘抬手到肩头,用拇指指了指身后。

"好。"

青年这才注意到乱奘的个子,上上下下地打量了一番。

乱奘左肩的沙门用眯成线的金绿色眸子注视着这个青年。纯黑色的皮毛抽动了一下,嘴微微张开,轻轻叫了一声,露出尖锐的牙齿和红色的舌头。

乱奘回到车里,发动引擎。

3168cc 的柴油发动机发出沉重的咆哮。陆地巡洋舰的四个驱动轮带起沙土,开始爬升。车头傲视天空,车体向左倾斜,感觉随时都有可能翻车。

快开到土坡顶端时,陆地巡洋舰的后轮突然向左打滑,向后方喷射大量的岩石和泥土。

乱奘不慌不忙,从 4H 挡换到 4L 挡。

侧滑短暂停顿，随即重启。

一直在上面观察的青年冲了过来。他弯下腰，不经意地将手放在保险杠上。

"让开！"乱奜喊道。

就算继续侧滑，他也能用高超的操控技术阻止陆地巡洋舰坠入溪流。但他不能在有旁人在场的情况下动手，因为青年可能被前轮挂住。就算车真的掉下去了，只有他一个人的话，他也能及时跳出来，说什么都不能拉着这个青年冒险。青年的立足点也不稳固。

车要是突然冲向前，一定会把人撞倒。

"啧！"

乱奜猛踩刹车。

陆地巡洋舰停了。

"你把火熄了，别踩刹车。"青年的闷声响起。

"让开！"乱奜说道。

"没事的，我会把车拉起来的——"

全身发力的声音。

虽然在发抖，却带着几丝轻松和明快。

陆地巡洋舰朝溪流滑了一段，随即停住。

"瞧。"青年说道。

这次停止并非刹车使然，明显是青年的力量所致。车刚才动的那一下，就是青年为了证明这一点而故意松了手。

はくえんでん
白 猿 传

臂力了得。

"快!"

青年涨红了脸。

"好嘞!"

乱奘松开刹车,熄火。

说时迟,那时快,陆地巡洋舰开始缓缓爬升。

乱奘颇感惊讶。除了自己,很少有人有这样的本事。眼前这个稚气未脱的青年却办到了。

不是块头够大就一定可以做到。

成年男子基本都能在平地上拉动汽车。可要在踩了刹车都会打滑的地方拽起一辆车,几个寻常壮汉一起上都够呛。

乱奘走下车,来到青年身边。

厚实的手掌插到保险杠下。

陆地巡洋舰的移动速度顿时翻倍。

一眨眼,就到了坡顶。

车以左倾的状态停了下来。乱奘打开驾驶座一侧的门,拉好手刹。

"本事不小嘛!多亏有你帮忙。"乱奘对青年说道。

"是你自己拉起来的啦。拉到一半时,我就几乎没使劲了。我是不是多管闲事了?"

青年畏畏缩缩地说道。

方才还有些喘的呼吸已然如初。恢复得极快。

"怎么会呢！"乱奘说道。

就在这时，猴子们在两人头顶尖叫起来。

"嗷！"

"嗬！"

"嗬！"

"嗬！"

沙沙沙……树枝颤动起来，猴子们开始移动。

青年抬头望去。

"上车一起走？如果你要去前面，我就带你一程。"

乱奘提议。

"不必费心了，我——"

青年看了看乱奘，随即将目光移回那群走远的猴子身上。

他好像对猴子们格外关注。

眼里闪烁着奇异的光，仿佛凝视着远方，分外陶醉。

"哦……"说着，乱奘上了车。

"多谢。"

他发动引擎，透过车窗对青年道谢。

青年回望乱奘，笑了笑。

那是暗藏哀伤的笑容。

陆地巡洋舰再次进发。

乱奘下到土堆的另一侧时，回头望去，青年已不在原处。

——他攀上了四处凹陷的山崖，似是要去追赶那群猴子。

はくえんでん
白 猿 传

乱奘踩下油门。不一会儿，后视镜中的青年便消失不见了。

青年和猴群——

乱奘心中留下了诡异的疙瘩。

3

乱葵立于层层叠叠的新绿之中。

除了风拂动枝头绿叶的声响,什么都听不到。

成川佐知子就倒在此处。

无须对照手中的现场照片,因为他已看过无数次。

四名大学生组成的登山小队发现了倒地的佐知子。

现场照片就是队员之一所摄。

他们用登山绳把佐知子固定在背上,将她扛到了山下的圣泽山庄。

一路昏迷的佐知子在山庄苏醒过来,却几乎一言不发,只说了自己的名字。她甚至说不出自己为什么倒在那里,从哪里来。无论旁人问什么,她都面无表情。倒不像故意隐瞒,更像记忆出现了缺失。

人们通过佐知子的随身物品,查到了她家的电话号码,好不容易确定了她的身份。就在这时,人们得知她是和矢岛雪江

はくえんでん
白　猿　传

一起上的山。

——那同伴雪江呢？

佐知子被父母接走，对雪江的搜寻工作正式启动。

发现了佐知子的废弃山路自是不用说，搜救人员还检查了她们原计划要走的从"圣岳"到畑薙湖的登山道周边。

收获全无。

有登山者在"圣岳"山顶见过她们。那是她们最后一次以正常的状态被人看到。

佐知子是在同一天傍晚被发现的。

从"圣岳"到她倒下的地方，肯定出了什么事。

她们为什么要调整路线？

天气明明很好。而且佐知子并非第一次走那条路，至少她迷路的可能性微乎其微。人们猜测，她们在中途遭遇了意外，不得不调整路线。

折断的冰镐牵出了以下猜想：

佐知子在从"圣岳"通往奥上河内岳的棱线上摔了一跤，冰镐就是那个时候断的，佐知子还撞到了头。如此一来，就能解释佐知子为何失忆了。佐知子的情况逐渐恶化，但还能动，她们便决定改走废道。走着走着，佐知子的情况进一步恶化，走都走不了了。于是雪江让她在原地等待，独自沿路下山求救，结果迷失了方向——

众说纷纭。最终，这一推论占了上风。

这意味着雪江还没走出大山。如果她被困某处，等待救援，只要周边有水，就能靠随身携带的食物撑上十天。但她在半路遭遇事故的可能性也无法排除。

五天过去了，雪江依然下落不明。

赤石山脉非常深。与飞驒山脉相比，登山小屋和登山者的数量都少得多。一个迷途之人完全有可能被永远困在山峦的褶皱中。一旦偏离登山道，山地条件便与富士山周围的树海一样。在机缘巧合下，突然发现十余年前的遇难者尸体也是常有的事。

雪江很可能加入了那些尸体的行列。

而佐知子的身体迟迟没有起色。

除了用餐和如厕以外，她一整天都不会动一下，别人把她摆成什么姿势，她就保持什么姿势。

头部没有外伤。脑电图也并无异常。

的确有可能在不留下外伤的前提下打击头部，使人发疯。问题是——她的脑电图一切正常。无论在外科层面，还是内科层面，佐知子都是一个非常健康的人。

第六天，佐知子的父母姑且将女儿接回了家。

第八天——也就是昨天，乱㚉接到了佐知子的父亲成川英治打来的电话。

因为成川的某个熟人提了一嘴，"搞不好是被妖怪附身了"。

熟人如此说道："你女儿肯定是在山上被狐狸之类的妖怪附身了，另一个姑娘也是被妖怪掳走的。"

はくえんでん
白猿传

成川起初不以为然。奈何走投无路，只得抱着死马当作活马医的心态，打电话联系了乱奘。

昨天下午，乱奘见到了佐知子。

佐知子的视线没有焦点。

哪怕被脱光，仰面放在床上，她也只是默默地盯着天花板。

乱奘用手掌检查了她的全身，寻找附身之物，却什么都感觉不到。

如果对方真被什么东西附了身，只要通过手掌输气，附身之物十有八九会有反应。

尤其是附身之物想加害佐知子，或是对她抱有怨恨时，反应会格外明显。可他愣是没有捕捉到丝毫迹象。

于是乱奘抬起佐知子的上半身，右掌托着她的后背，左掌放在她的胸口，等于是用双手夹住她的上半身。

乱奘用左掌送气，再用右掌接住穿透佐知子身体的气。

直到这时，乱奘才注意到些许异样。

通常情况下，输入人体的气会在离开身体时减少近一半。因为细胞和骨骼会将其吸收，并分散到别处。吸收量取决于气经过的血肉量和对方生物能量的强度。要是实践的次数多了，还能借此推测出对方的状态。

通过佐知子的身体抵达右掌的气比他预计的少了很多，而且伴有轻微的质变。佐知子体内有另一种东西存在，而且其均匀地分布在肉体各处。

佐知子果然是被什么东西缠上了。而且它并无加害之心。

那就很棘手了。

无目的的附身之物是很难驱除的。说得更确切些,是"不好办"。它们对乱奘输送的气全无回应,所以无机可乘。而且他都不知道附身佐知子的是什么东西。

不像生灵或死灵,也不像寻常的兽灵。

胡乱驱除是非常危险的,总得先大致摸清附身的东西是什么。驱除的技术和做法也要视具体情况而定,否则适得其反。

到底是什么缠上了她?

为查明真相,乱奘驱车来到了佐知子被发现的地方。

在这里或周边的山里,究竟发生了什么?

乱奘闭上眼睛,保持站姿,缓缓呼吸数次,让气在体内积聚,然后沉入俗称"丹田"的部位,再从尾骨沿着脊柱运气——

这是乱奘改进过的仙道小周天功法。

运行几周后,心气清澈透明。

他睁开眼睛。

包裹身体的景象映入眼帘,分外鲜活。

乱奘慢慢环顾四周。

看到头顶时,视线便停住了。

只见一根榆树枝不自然地向下弯曲。弯曲的角度非常微妙,以至他刚才都没注意到。

那正是巨猿抱着雪江跳上的树枝。

はくえんでん
白 猿 传

枝头挂着几根奇怪的兽毛。

乱奘壮硕的身躯腾空而起。

落地时,兽毛已握在手中。

那是近乎白色的灰色兽毛,乱奘从未见过。

如果毛发出自栖居在日本山区的野兽,那还是可以大致推测出种类的,可他竟没瞧出来。

黑熊、鹿、羚羊、野猪、野兔、日本猕猴、貉、赤狐……这些动物的毛是不会被认错的。问题是——乱奘手中的毛与那些动物的毛发都不一样。大约二十厘米长,乍一看像猴子——日本猕猴臀疣周围长的毛。

兽毛根部到顶端的颜色变化过于鲜明,根部明显发黑——老猴的白发常会出现这种情况。可手里这根给人的印象又不同于寻常的猴毛。更何况,这毛实在太长了。长这种毛的猴子,体形肯定和人差不多。

日本猕猴最多不过十几公斤,超过二十公斤的都是凤毛麟角。

且不论这是什么动物的毛,关键在于它是否与这次的事情有关。

乱奘用纸巾包好那根毛,将其塞进口袋,然后背起放在脚下的登山包,涉入灌木丛中。

沙门骑在他的左肩,无聊地四处张望。

废道已有搜救队搜查过,所以乱奘打算走一走路旁的林子。

他的装备很简单,但无论在哪里露宿都不成问题。

乱奘没有沿溪流而上,而是横向移动,走向另一条溪流。

笨重的丹纳工装靴承载了乱奘一百四十五公斤的体重。那是找美国厂商定制的皮靴,比硬得过分的登山靴灵便得多。与人高马大的乱奘相得益彰。

坚硬的Vibram[1]鞋底踩在潮湿的黑土和蕨类植物上。

到了傍晚时分,乱奘已经踏遍了两条溪流,却没有任何线索可寻。

倒也没有明确的目标。

山川都有各自的气。而他只是想看看那些气的"呼吸"有没有在某处被打乱。

如果附身佐知子的东西潜藏在这座山的某处,就会在附近草木的气中留下气的残余痕迹,半月不消。但他并没有找到残余痕迹的把握。毕竟此时正是植物欣欣向荣的季节,新绿的生物能量过于强烈,十多天就足以抹去那些蛛丝马迹。即便还有残留,乱奘也得凑到几米之内才能发现,必须足够幸运才能找到。

要是那个东西没有固定的住处,就不会留下气的痕迹。

乱奘只遇到了若干化作地缚灵的低级兽灵的集合体。古老的溪流总有几处这样的地方。它们大多无害。充其量是晚上给

---

[1] 意大利著名的橡胶生产厂商,获得了世界众多制鞋厂商的认可。

白猿传

人以阴森之感。偶尔遇到濒死的遇难者,也只会在人家意识模糊的时候制造轻微的幻听。给沙门当甜点都不够。

除此之外,就只跟猴子打了两三次照面。

没有线索或灵感,就只能用蛮力驱除佐知子身上的东西了。可能会留下后遗症,这需要跟她的父亲成川解释一下,如果他同意,就试上一试。

乱葖还惦记着中午遇到的那个青年。

心里有种朦胧之感,像是对就此分别这个决定有些许后悔。

走着走着,乱葖突然注意到一件怪事。他本以为自己是横着走的,却不自觉地走向了溪流的上游。

某种带着微弱冷气的毛刺顶着他的皮肤,以若有若无的压力驱使他往上走。那是一种常人不会注意到的微妙感觉。

"嚯……"乱葖低声嘀咕。

勾起厚唇的一端。

他放下包,赶下肩头的沙门,就地盘腿坐下,闭起眼睛。

运行数个小周天后,乱葖慢慢打开身体。

山中的气涌了进来。

在新绿萌发的这个季节,植物会释放出巨大的能量,堪比热风。未经训练的人轻易沐浴于这股风中,细胞内便会生出无数极微小的气泡。这是因为身体会错把生命的澎湃能量当成热量。

在满溢的气中,混有一条奇怪的线。那是一种不同于生物能量的气,类似没有本体的残余念想。

乱奘之前便感觉到了气之线的存在。它的质地近似于冷气。刚才的"毛刺"便是这根线。

乱奘站起来,背上包。

小心翼翼地原路返回。沙门紧随其后。

戳到皮肤的毛刺变得明显了。

——有人在这片山域布下了结界,将人拒于其外。人会被不自觉地赶出来。

日暮将至。

结界的压力渐增。

"差不多了。"

无畏的笑浮上乱奘的嘴角。

他走进了结界。

はくえんでん
白 猿 传

4

夜幕降临，气温骤降。

乱葵坐在一棵粗大的白叶冷杉下，把厚实的背脊靠在树干上。

气温降到了四至五摄氏度。乱葵穿了 T 恤，外加棉质敞领衬衫，仅此而已。仿佛感觉不到寒冷。

是紧绷的肌肉逼退了寒气。

一簇黄色的火焰在他眼前燃烧。

乱葵右手握着的金属杯中升起股股热气。他生火烧水，给自己冲了杯咖啡。沙门蜷在乱葵盘起的双腿之间，呼呼大睡。

此处是结界之中。

毛刺扎人的感觉仍然挥之不去。

如果乱葵留在结界内，那么他在明天之前就能查出是谁设的结界。

搞不好对方会主动找过来。

暗狩之师

轻抚沙门的手忽然停了。

因为乱荚听见黑暗深处有动静。

是活物发出的声响。

——高亢的哀号，不止一两个。那是一大群活物在同时吵闹的声音。

越来越近了。

是猴子的叫声。

还有树梢摩擦的响声。

咬牙切齿的响声。

它们缓缓向乱荚走来。

本不应该在夜间活动的猴子们发出刺耳的嘶吼。

"嗷！"

"咯——"

"嗬！"

…………

踩踏杂草的闷声阵阵传来。

那是身形巨大的肉食动物缓缓走来的声音。

乱荚放下杯子。

沙门睁开金绿色的眼睛，眼睛呈月牙形。眼球表面映出犀利的火光。

头顶上，枝叶沙沙作响。

来了一群猴子。

はくえんでん
白 猿 传

一团巨大的黑影出现在乱奘眼前的黑暗中。

火光下，黑影如幽鬼般浮现。

黯淡而无神的眼睛，像照相机的镜头一般看着乱奘。

白天见过的青年就站在那里。

相貌却与白天判若两人。

乱奘慢慢起身。

沙门跳上了他的左肩，全身的毛发倒竖，喉咙中发出急促的刮擦声。

猴群在黑暗中吵吵嚷嚷，将乱奘围在中间。少说也有百来只。某种不同寻常的兴奋感笼罩着它们。

唯有青年处变不惊，不逊色于乱奘躯体中充斥着的诡异的威慑力。

好似率领一群妖魔现身的恶鬼。

他进得来这个常人无法进入的结界，说明他非比寻常。

"唧！"

一只猴子高声号叫。

黑暗中的其他猴子也齐声呼号。这显然代表了威吓和攻击。

乱奘全身充满了起伏的气。血管中的血液开始翻腾。

"白天多谢你帮忙。"乱奘幽幽道。

青年没有回答。

"看来你不是来喝咖啡的。"

乱奘轻弯膝盖，压低重心。

暗狩之师

双脚一前一后地站着。如此一来，无论猴子们从哪个方向攻过来，发动怎样的攻击，他都有办法应付。关节要是处于拉伸状态，动作难免要慢一拍。至少得护住眼睛。别处稍微裂个口子不碍事，一时半会儿死不了。猴子的獠牙对付常人还凑合，却绝对咬不穿乱奘喉咙的肌肉束，刺不破他的颈动脉。

乱奘单手立起衬衫领口。

青年的身体释放出热浪似的妖气，妖气摇曳不止。

那显然是白天的他所没有的。

这时，乱奘注意到青年背后还有一个人影。

是个女人。

他看不清楚她的脸，却认得她身上的衣服。

"成川佐知子？"乱奘问道。

青年的身体向旁边挪了挪，女人的脸便自暗处浮现。

成川佐知子本应在东京的父母家。

她的神情与青年一样。

她为什么会在这里？

她的父母岂会放她出来？

只可能是她趁父母不注意的时候溜了出来，独自来到此地。如果她是昨天走的，昨晚成川必然会给乱奘打电话。这说明她肯定是今早离的家，而且是一大早。

挪开的青年背对乱奘，然后向黑暗走去。

佐知子紧随其后。

はくえんでん
白 猿 传

"站住！"

乱奘以极快的速度移动，肢体柔韧极了，堪比狮子。

他用双手搭住青年的肩膀。

对方竟以令人难以置信的力量甩开了。乱奘立刻往侧面跳去。而人高马大的青年也动了，速度和乱奘完全相同。

骇人的横向风压攻向乱奘的头部左侧。他低头躲开。而青年的右膝趁机抬起，对准乱奘的下巴一击。这一击是如此强大，足以击碎岩石。

无暇躲闪。

乱奘以双肘挡下。

近乎爆炸的冲击在乱奘的肘部炸裂。巨大的身躯瞬间离地。

青年施加全身重量的手肘正中乱奘浮起的肩膀。仿佛被超大的锤子击中。

乱奘骤然落地，身体与地面平行，双腿前后张开，好似跨栏动作。他保持着上半身几乎要碰到地面的状态，以右脚为中心，旋转身体，以闪电般的速度，用左腿扫向青年的腿，却扑了个空。

从乱奘抓住青年的肩膀到现在，总共也不过两秒。

青年已经腾空而起。

那不是学过武术或体术的人就能做的动作，而是野兽的动作。

"哈！"青年吼道。

高大的身躯自正上方袭来。

乱奘直接抬起正在旋转的腿。

踏着 Vibram 鞋底的左脚跟击中青年的腿。

青年失去平衡，四肢着地，落在草地上。

乱奘已经站了起来。

被击中的左肩已经麻木了。

沙门早已不见踪影。

青年的眼里布满红色的血丝。他像猴子似的龇牙咧嘴，透过昏暗的草丛，看着乱奘。

"有意思。"乱奘揉着左肩说道。

许久没遇到如此强劲的对手了。

乱奘厚实的嘴唇已然勾起，嘴角挂上了无畏的笑。

尽情驱使这副身体的快感膨胀到了疯狂的地步。快感化作了笑意，自双唇满溢而出。

黑暗中，猴子们吵嚷的声音好似舒心的音乐节奏，落在乱奘身上。

细胞爆裂般的能量充斥全身。

他悄然移动。

丹纳工装靴的顶端踢向青年面部。青年以四肢撑地的姿势向后跃起。

第一脚是佯攻。

乱奘的动作几乎与青年同步。一连串的拳头打在青年正要

はくえんでん
白 猿 传

直起的身上。手感与击打岩石无异。

青年的右手以雷霆之势撕破黑暗。

乱奘的衬衫连带里面的 T 恤都裂开一道口子。

一条红线划过乱奘裸露的肌肤，涌出颗颗血珠。

"……嘎！"

青年的双唇爆发出不属于人类的嘶吼。

猴群顿时朝乱奘攻来。

乱奘发达的手臂立即将黑压压的猴群挡了回去。一手护住了眼睛。

猴子太多了。

扑来的比挡开的多。

乱奘的身体被猴群笼罩，化作蠕动不止、令人毛骨悚然的毛皮"小山"。猴子啃咬着乱奘，用爪子胡乱撕扯着他。

尖厉的呼气声自乱奘的唇缝中溢出，撼动了夜幕下的空气。

猴群被乱奘的身体弹飞，简直像触了电似的。

——他使用了发劲之法。

其本质是在刹那间自全身向外爆发平时通过拳脚释放的气力。在气力反弹的作用下，敌人就会被弹开。

攻击敌人的意志会原原本本地化作气力，反弹回自己身上。

乱奘的衬衫被震成一堆碎片，上身几乎一丝不挂。发达的胸肌暴露在夜色中。

无数条红色筋络游走于裸露的肌肤之上。

青年高大的身躯撞向乱奘。

沉重的骨肉碰撞的闷声在空气中回响。

青年的双臂勒住了乱奘的躯干。乱奘的脊柱嘎吱作响。那是一种非人的怪力。

青年怒目圆睁的脸近在咫尺。

那是不折不扣的鬼相。

乱奘抿起嘴唇，硬是挤出了一个笑。

"好好一个帅哥，就这么被糟蹋了……"

他把空闲的双掌放在青年的太阳穴上，似是用双手夹住了青年的头部。

猴群再次扑来。

但乱奘不予理会，通过左右手掌将全身的气灌入青年头部。

青年的身子立时缩了起来，勒着乱奘的手臂稍稍放松。

眼看着青年的神情逐渐恢复正常，鬼相渐消。

扒拉着乱奘的猴子也四散于黑暗之中。

青年一脸惊讶地看着乱奘。

仿佛不知道自己身上发生了什么。

佐知子仍然在他身后，两眼仍是无神，摆出转身要走的姿势。

乱奘掰开青年环住自己的双臂。

"搞得跟同性恋似的——"

然后面露苦笑。

那笑容极具魅力，足以令见者安心。

はくえんでん
白 猿 传

5

青年名叫田沼杨二。

今年二十岁，还在上学。

他住在神奈川县相模原市，与母亲良子相依为命。母亲告诉他，他的父亲早已去世。

他出生时的体格与常人无异，但一上小学，个子就开始蹿高，三年级期末的时候就是全校最高的孩子了。他长年练习柔道，直到高一那年，他在一次自由训练中把搭档的腿弄骨折了。因此，退出了柔道队。

亲朋好友和受伤的队友都劝他归队，但田沼心意已决。因为他的脚底还残留着使出扫堂腿致使对方骨折时的触感，让人作呕。

他加入了徒步旅行社。

上山挥洒汗水的感觉好极了。沉重的背包对他来说根本不算什么，他感觉这条路比柔道更适合自己。

他爬过很多山，唯独没去过赤石山脉。社团倒是策划过好几次去赤石山脉的活动，可他每次都因为母亲受重伤或出车祸而无法参加。

久而久之，田沼意识到这不是巧合，而是母亲故意阻挠他。

高中毕业那年，他在母亲的娘家听舅舅讲述了自己的身世。当时两人恰好在一起喝酒。

他们聊起了田沼的体形。

舅舅说："你这块头肯定是随了你爸——良子家全是小个子。"

"他是个什么样的人啊？"田沼问道。

他对父亲知之甚少，因为母亲良子一聊起这个话题便守口如瓶。

上小学高年级的时候，他便意识到其中定有隐情。

而这是一个打听隐情的好机会。

搞不好父亲还活着，只是有什么难言之隐。比如——他犯了罪，在牢里蹲着。

他渴望真相。

见舅舅试图转移话题，田沼袒露心迹。

"好吧，你确实有权知道自己的身世。你妈大概是不肯说的，我就把我知道的告诉你好了。不过这是我们男人之间的秘密，你可别告诉她啊。"

舅舅徐徐道来。

"你妈和你一样，也喜欢往山里跑，三天两头去爬山。十九

はくえんでん
白 猿 传

年前——"

大四那年夏天，良子提出想独自挑战赤石山脉。当时的登山道不如现在那么好走，供登山者歇脚的木屋也比较少。虽说她去过几次，但姑娘家单独上山还是很危险的。

父母劝了又劝，良子却听不进去。她说这是学生时代的最后一次疯狂，不顾一切地走了。

良子原计划去七天。

谁知到了第七天晚上，她并没有回来。第八天中午，父母报了警，当地山民和良子的山友[1]组织了一支搜救队。

大伙找了整整五天也不见人影。

一个月过去了。

人们都以为她迷了路，不幸遇难了。

四个月后，连父母都快死心了。可就在这时，良子突然回来了。她身上穿着出门时的那套衣服。整个人瘦了一大圈，跟原来判若两人。

而且还怀了身孕。

父母问她，这几个月上哪儿去了，出了什么事，孩子的父亲是谁。

良子没有回答。

一旦反复追问，良子就会勃然大怒，用牙咬父母，用指甲

---

[1] 喜好登山的人对彼此的称呼。——编者注

挠他们的脸。

父母猜测，女儿是跟人私奔了，而对方又抛弃了她，所以情绪不太好。也不知道那个人是在山上偶然认识的，还是早有预谋，反正十有八九就是这么回事。

他们决定等良子的情绪平复下来之后再细问。

问题是腹中的孩子。

就在父母一筹莫展的时候，良子像离家出走似的搬了出去，租了一间简陋的公寓，在那里生下了孩子。

"——那个孩子就是你。"舅舅告诉杨二。

杨二父亲的名字一直是深埋在良子心中的秘密。

杨二没有把舅舅说出的真相告诉母亲。他觉得，母亲不让他去赤石山脉，恐怕和她在那里留下的痛苦回忆有关。

两年后——

几天前，他在电视上看到了一条新闻。

正是成川佐知子和矢岛雪江在赤石山脉遇难的新闻。主播称雪江下落不明，佐知子的记忆也没有恢复。

看电视的时候，母子俩正在吃饭。杨二眼看着母亲手一松，把碗给摔了。

她脸色煞白。

无论杨二怎么问，良子都一声不吭。

杨二只得告诉母亲，舅舅透露了他的身世，他问母亲在赤石山脉经历了什么。良子给了他一耳光，失声痛哭。

はくえんでん
白 猿 传

"要去那儿就去吧，随你的便！"她如此说道。

但她随即抓住杨二，改口说不许去，放声大哭。还说"他不要我了"。杨二分明在母亲眼里看到了妒色。

几天后，也就是今天早晨，杨二离开了家，没有告诉母亲他要去哪里。他想去新闻中提到的那条废道的入口看看，于是在半路上偶遇了乱获。

"你当时是不是一直在看猴子？"乱获问道。

"我一直都很喜欢猴子。在那里看到猴子的时候，我突然产生了一种非常怀念的感觉——"

"哦？"

"我感觉……猴子是来接我的。我能听懂它们在说什么，虽然它们说的不是人话，可我就是明白。'他来了！他终于来了！等你好久了！'——我能感受到它们的心情。"

"那你为什么要跟猴子走？"

"我觉得它们在对我说——'随我们来'。就算它们没表达出这个意思，我也会跟去的。是不是很莫名其妙啊？"

田沼志忑地看着乱获。

"不，一点也不。"乱获回答。

杨二继续讲述。

他跟着猴子一路走到傍晚。就在这时，他遇到了同样在猴群的簇拥下走来的佐知子。

"一看到她，我就变得迷迷糊糊的……"

回过神来才发现,他正与乱奘面对面。

看来是玃猿——

听完杨二的叙述,乱奘在心里嘀咕了一句。

但他没说出口。

玃猿是一种妖猴,中国志怪故事集《搜神记》中也对其有记载。

玃猿居于深山,会掳走上山的美貌女子,与之交合,让对方怀上自己的孩子。女子怀孕后会被送回山下,在那里生下孩子,将孩子抚养长大。《搜神记》称,孩子与常人无异,一律姓"杨"。而且玃猿的孩子皆是男孩。

孩子成年后会独自进山,成为下一代玃猿。

乱奘在中国台湾也听说过类似的玃猿事件。

——十有八九是玃猿。

乱奘心想。

而且他一贯认为,且不论喜马拉雅的雪人、加拿大的大脚怪和日本的比婆猴[1]是否真的存在,如果存在的话,那就很有可能是玃猿的同类。

"看来是猿毛玉。"乱奘说道。

"猿毛玉?"

"附身在成川佐知子身上的东西。"

---

[1] 传说在 20 世纪 70 年代出没于日本广岛县比婆郡山脉的人猿形怪物。

はくえんでん
白 猿 传

乱奘一边说，一边起身，捡起一块小石头，抛向头顶上方的黑暗。

"嘎！"

叫声响起，一团黑乎乎的东西应声落下。那是一只猴子。

"这是在盯梢呢，"乱奘抓住了跟跄逃窜的猴子，"就用它来驱除猿毛玉。"

乱奘掏出登山刀，剃掉猴子的胸毛。猴子哇哇大叫。

"帮忙脱掉佐知子的衣服。"乱奘对杨二说道。

"啊？"杨二一脸诧异。

"别想歪了，上半身就行，把她衣服脱了。"

乱奘的语气不由分说。

杨二解开佐知子的衣扣。佐知子全无抵抗的迹象。

白皙的裸体显现在火光之中。

"行了。"

乱奘用刀尖划过她的背部。佐知子沉默不语。

"你要干什么？"杨二问道。

"别出声，瞧着吧。"

乱奘用浑厚的嗓音撂下一句话。

佐知子因寒冷而起了鸡皮疙瘩的雪肤上现出一道红线，涌出颗颗血珠。

乱奘也在剃了毛的猴子胸口划了一刀。猴子惨叫不止。乱奘将佐知子背上的伤口和猴子胸前的伤口贴合在一起，让两股鲜血互相混合。他把猴子放在佐知子裸露的背上，用带来的登山绳绑紧他们。

猴子怒目圆睁，号叫起来。

这个方法，乱荚也只是听说过而已，不清楚具体的细节，但好歹了解基本步骤。

应该能成。

乱荚点亮打火机，把火焰凑近猴子的背部。

黑暗中的猴子发出撕心裂肺的尖叫。

はくえんでん
白 猿 传

6

夜幕下的空气中尽是猴毛和肉的焦煳味,令人作呕。

佐知子淡定如常,背上的猴子却发疯似的扭动身体,发出痛苦的尖叫。

多么诡谲的景象。

杨二额头冒汗。

奇怪的现象发生了。猴子的身体在动。它的毛皮逐渐膨胀。

好似毛皮制成的气球。

猴子疯狂摇头。

它已然发不出声了。

突然,女人高亢的尖叫撕开夜空。

声音出自佐知子的双唇。

乱癸用刀割断绳索,猴子立时落地。

它的腹部异常肿胀,皮肤几乎要被撑破了。

乱癸捡起佐知子的衣服,披在尖叫不止的女人肩上。

"别怕,都结束了。"

他的声音能给人以舒缓、安心的感觉。

佐知子不再叫嚷,取而代之的是低声的呜咽。

而苦苦挣扎的猴子嘴里竟钻出一个让人毛骨悚然的东西来——肉乎乎的,披着黑毛,像一条巨大的毛毛虫。

"那是什么?"杨二高呼。

"缠着佐知子的东西。我刚才说的'猿毛玉'就是它。"

猿毛玉是玃猿分裂出来的分身。

它会潜藏在女人体内,当玃猿的儿子成年上山时,让女人与之交合,通过尿道进入男人体内。新一代玃猿就是如此诞生的。

玃猿是一种寄生于人体的灵体,本体是猴精。

杨二一旦与佐知子交合,猿毛玉就会附在他身上。

要不是碰巧路过的登山者把佐知子带下了山,失踪的就是两个人了。幸运的是,她在苏醒之前就被过路的登山者救走了。

乱荚将打火机的火焰凑近钻出来的猿毛玉。火舌瞬间吞噬了黑毛。

猿毛玉在亮白的火团中不住地挣扎。

就在这时,沙门发出一声低吼。

黑毛根根倒立,表面闪过一道道蓝色的磷光。

金绿色的眸子瞪着天空。

只见头顶上方的粗树枝正在上下晃动。树枝上分明有一团

はくえんでん
白 猿 传

巨大的黑影。

"来了。"乱燹喃喃自语。

那就是玃猿。

巨大的黑影几乎无声无息地落在地上。

它长得像巨大的猿猴。全身覆盖着近乎灰色的白毛,后背隆起,仿佛长了一块瘤子。

它抱着一丝不挂的女人,仿佛她还是个婴儿。而它正进入她的身体。

那个女人正是雪江。

她娇喘着,一下一下晃动自己的身子。

佐知子发出一声怪叫,紧紧抓住乱燹。

"别怕,躲到后面去。"乱燹沉声说道。

手里握着登山刀。

骇人的瘴气透过黑暗,股股袭来。

玃猿的个子比乱燹还高一个拳头。肌肉更是发达。

他能抱着雪江在树上移动,体内蕴藏着深不可测的力量。

玃猿张开血盆大口。

"嗷!"

高亢的叫声在黑暗中迸发。

那是悲痛的呼喊。

"一百二十年了……好不容易——"玃猿含糊不清地喃喃道。

黄色的眼睛盯着仍在冒烟的猿毛玉。

"好不容易才有了这个分身……"

这只野兽似乎在拼尽全力说人话。

只见它咬牙切齿地摇了摇头。眼里是无尽的绝望。

流着血泪。

"把人留下。"乱奘说道。

依附在玃猿身上的白皙身体忽然一晃。

只听见"砰"的一声,女人落了地。

突然,玃猿向乱奘扑来。

"呵!"

高大的乱奘腾空而起。

玃猿从乱奘身下穿过,向前倒去。

——一把登山刀插在它背后的隆起处。

原来那瘤子似的东西是生在背部的小猴的上半身,那正是玃猿的本体。

而这具身体很可能是百余年前被玃猿掳走的女人所生下的男孩。

玃猿纹丝不动,已然气绝身亡。

乱奘缓缓走去,定睛一看,那些白毛原来是白发。

"看来是故意送死……"乱奘喃喃自语。

"故意?"杨二反问。

"嗯。"乱奘如此回答。

原因只能靠猜。无论如何,这玃猿肯定是故意选择了死亡。

はくえんでん
白 猿 传

和它交过手的乱癸再清楚不过了。

让猿毛玉寄生在自己和人类女性生下的孩子身上，是獾猿繁衍后代的唯一方法。

而它的美梦已经彻底破灭了。

乱癸紧抿嘴唇。

望向杨二。

杨二默默打量獾猿的尸体，眼神里流露出某种奇妙的哀伤。

那不是看怪物的眼神。

乱癸同样一声不吭。

他无法告诉田沼杨二，"倒在眼前的那个东西就是你的父亲"。

镖师

ひょうし

闇狩り師

他给人的印象是那样阴森诡谲，仿佛是从夜幕剪下的人形。

镖师

日语"用心棒"对应汉语中的保镖、镖客、镖师等。

——松田隆智《中国武术史略》

ひょうし
镖 师

1

房中无窗。

四面的墙壁和地面都为清水混凝土所覆。

墙上没有任何装饰。

唯有一扇厚重的门，冰冷地紧闭着。

天花板很高，直逼四米。像一间尚未建成的地下储物室。

——这便是整个房间给人留下的印象。

近二十张榻榻米大的天花板上，挂着一个光秃秃的大灯泡，但它的光亮不足以抵达房间的每个角落。

好一个煞风景的房间。

几乎没有什么家具摆设。

除了搁在角落里的几把折叠椅，便是摆在房间正中央的一张小桌子。

桌上有一瓶没开过的啤酒，外加一个大西瓜。

三人围桌而立——

暗狩之师

一个穿西装的半老男人，一个同样穿着西装、头发剪得略短、身材微胖的中年男人——

前者留着花白的小胡子。

只有剩下的那个没穿西装。

他穿着一条黑色西装裤，搭配宽松的黑衬衫。

他明明是三个人中个子最高的，卷起袖口的手臂却是最瘦的。给人的整体印象宛如瘦长的枯枝。

他的眼睛细若丝线，一张脸瘦骨嶙峋，皮肤呈土黄色。

薄薄的嘴唇跟蛇一样。

读不出表情。

西装老头和中年男子退到一边，只留下他在桌旁。

"展示一下吧，斋——"中年男子低声说道。

也不知那个穿黑衬衫的"斋"有没有听见。他就那么杵在原地。

——就在这时。

突然，他——斋的身子一动。

不，准确地说，动的只有他的右腿。

他的姿势几乎没变，右腿却突然向前一送。这个动作是那样随意，让人完全料想不到。

斋的右脚跟仿佛悠然浮于桌面。就在它碰到桌上那瓶啤酒的瓶顶时，瓶顶消失不见了。

哗啦！

ひょうし
镖 师

正前方的混凝土墙处传来玻璃破碎的声响。

原来是被斋的脚跟踹飞的瓶顶连带着瓶盖，一起砸在了墙上。

啤酒泡沫伴随着响声自瓶身破口处溢出，比玻璃的破碎声慢了一拍。

破口像是被锋利的刀具割开的。

啤酒瓶的主体纹丝不动，仍在原处。

斋将静止在半空中的右脚缓缓放下，身子也未见丝毫摇晃。

看来，他有着惊人的平衡感。

从头到尾，他的细眼和薄唇都与之前别无二致，面不改色。

屏住呼吸的老头口中漏出赞叹的轻吟。

"要是用手刀的话，日本倒有几个空手道高手有这个本事，但肯定没人能用脚踢成这样。"

中年男子表示。

老头默默点头。

"再露一手。"中年男子对斋说道。

斋稍稍挪动身子，来到西瓜的正前方。

他双腿微微打开，压低重心，膝盖略弯。

双臂仍耷拉在体侧。

只见他将垂下的手臂向外轻轻一扭。

然后一边收起，一边像利用反作用力似的打开双臂，并向上抬起。

251

再以张开的手掌一左一右地夹住西瓜。

当在场的人听到"啪"的一声时,他的手掌已经脱离了西瓜,整个人的姿势也恢复了原状。

"这次又做了什么?"老头看了看桌上的西瓜,又看了看斋的脸,如此问道。

"您很快就知道了。"

中年男子从西装内侧的口袋里掏出一把匕首,拔出闪着凶光的白刃。

他走到桌旁,把刀缓缓架在西瓜上,轻轻一压——

在刀刃陷入西瓜的刹那,红色汁水四溅,弄湿了中年男子的衣服。

那正是西瓜的汁液。

中年男子不以为意,一鼓作气,将不再喷水的西瓜劈成两半。

西瓜的红色果肉已化作浆水,从裂开的两个半球里溢出到桌子上。

"……"

老头凝视着眼前的景象,倒吸一口冷气。

"斋在保持西瓜外部原样不变的前提下,摧毁了它的内部。"中年男子说道。

西瓜的汁液顺着桌子滴落,发出湿漉漉的响声。

"确实了得……"老头喃喃道。

ひょうし
镖 师

"问题是——这招对会动的东西管不管用？有无比锋利的刀，却没有命中对方的技巧，那也是抱着金碗挨饿……"

"您所谓的'会动的东西'是指人吧？"

"嗯。"

"我把沼田带来了。您想亲眼瞧瞧斋的招数对会动的人有多大威力吗？"

"想。"

老头的嘴角在花白的小胡子下微微勾起。

中年男子拿着匕首走到门口，隔着门板低声说道："放沼田进来！"

片刻后，门开了，两个男人走了进来。

一个是仪表整洁的小年轻，另一个却脏兮兮的，他的双手被反绑在背后，手腕也被细绳绑住了。

后者便是中年男子口中的"沼田"。

沼田脸上布满淤伤，唇角血迹斑斑。

"他好像和这次的事情并无牵扯。不过，我们还是设法问出了那人经常去的一些地方……"

"所以他已经没用了？"老头问道。

"是的。"中年男子回答。

沼田已是胡子拉碴。

不难想象，他被人囚禁了好几天。

明明是四十出头的模样，看起来却一下子老了好几岁，眼里布满血丝。

"给他松绑。"

中年男子下令。

小年轻松开了沼田的手腕。

"你想把我怎么样?"沼田揉着手腕问道。

"打一架——"中年男子幽幽道。

"什么?"

"你要是能打赢他,就能重获自由。我们甚至可以雇你顶替他的位置——"

斋依然沉默,用一双眯缝眼盯着沼田。脸上没有任何表情。

"你可以用这个。"

中年男子将匕首插进刀鞘,将它扔给了沼田。

沼田在胸口处抓住了它。

"开始。"

其余人退到了房间的角落,只留下沼田和斋。

"等等!我……我不干!不是说只要招了就放我走吗!我跟他已经没有瓜葛了……"

沼田嗓门发尖。

无人回答。

"妈……妈的!"沼田吼道。

他右手拔出匕首,将刀鞘随手一扔。

刀鞘撞上混凝土地面,发出干巴巴的响声。

ひょうし
镖 师

"哇!"只听见沼田高喊一声,在两米开外的地方对斋举起匕首。这似乎是佯攻。说时迟,那时快,沼田向紧闭的门扉冲去。

谁知沼田还没跑到门边,斋已悄然闪现于门前,也不知他是怎么动的。那双眯缝眼就在沼田面前。

"啊!"

喉咙被碾碎的惨叫声自沼田的唇间漏出。

他不顾一切地向后翻去。而斋几乎在同时一动,再次出现在沼田面前,位置与片刻前分毫不差。

"啊!"

沼田发出既不像惨叫,又不像呼号的声音,忘我地挥舞握着匕首的手。

斋将头微微一侧,躲开袭来的刀尖。

而他之前一直耷拉着的胳膊,朝沼田那条从他右耳边擦过的手臂而去。

斋的双手就这样握住了沼田持刀的手臂,仿佛轻轻拍了一下它。

某种东西慢慢爆裂的诡异声响在房中轻轻回荡。

沼田的双唇中爆发出骇人的尖叫。

"咣"的一声,匕首落地。

沼田的右臂耷拉下来,肘部以下明显肿胀,呈青黑色。

眼看着他的手越来越肿,仿佛有人用泵把红紫色的液体打

暗狩之师

进了手臂形状的橡胶袋。

斋将指尖水平并拢的右掌挥向呻吟不止的沼田面部。

沼田的呻吟戛然而止。

沼田像一根棍子似的向前倒下,嘴里溢出鲜红的血瀑。

他的身体抽搐了几下,但很快就不动了。

鲜血如活物一般,自沼田的脸向下蔓延至地面各处。

斋将右手握着的东西轻轻扔在沼田的后脑勺上。

斋的眯缝眼和蛇似的嘴唇都没有丝毫的表情变化。

"镖师啊。真可怕……"老头用紧张的语气喃喃自语。

ひょうし
镖 师

2

他的脸上带着狰狞的笑。

那是闻到血腥味的肉食动物的笑。

他被七人团团围住。七人中有四人手持刀具。

一看架势，便知他们并非头一回舞刀弄枪——浑身上下都散发出常人不会有的暴力气息。

包围圈中的他却是一副乐在其中的样子，仿佛在进行一次舒适的淋浴。

高野丈二——这便是他的名字。

他有着精悍的脸与褐色的皮肤，五官轮廓分明，乍看都不像日本人。

长相俊朗，却尽数剔除了甜美的元素，感觉不到丝毫的柔弱。

二十七八岁的模样，却穿着与年龄不相称的高档西装，大学毕业的同龄工薪族砸上两个月的工资都不一定买得起。

夜幕下的公园冷冷清清。

中天之月与公园内仅有的路灯便是这场活动的光源。

"谁派你们来的？"

高野一边问，一边以目光威吓他们。

众人没有作答。

包围圈在沉默中逐渐缩小。

"你们说要谈谈，我才跟了过来，没想到阵仗这么大。"

"不想缺胳膊少腿，就老老实实地跟我们走。"包围者之一说道。

"呸！"高野一口唾沫吐在地上，"少啰唆，放马过来。要带我走，先把我打趴下再说。"

"这可是你说的。"

"这身衣服可不便宜，手上脏的记得先洗干净。"

包围圈进一步收紧。

他们很是平静，不像出于仇恨或私怨来绑人的。

高野一米七八的高瘦身体里涌出一股杀气。

就在此时，低沉的声音自黑暗深处传来。

"以众欺寡可不好——"

单单这一句话，便在人群中引起一阵轻微的骚动。

有几个人回头望去。

高野没有放过这一瞬间的破绽。

说动就动。

ひょうし
镖　师

电光石火之间，他抬起左腿，脚尖踢向转身之人的右手。那只手握着刀。

伴随着那人的惨叫，匕首的白刃打着转飞向头顶上方的黑暗。

那人的手腕弯成直角，白色的尖锐骨头戳破皮肉，露了出来。

"呵！"

不等匕首落地，又有两个人的腹部和太阳穴被击中。

高野可谓身手不凡。

刹那间，三人倒地不起。

一人捂着折断的手腕，一人蜷着身子捧腹呻吟——高野的膝盖命中了他的肚子。被击中太阳穴的人好似没有生命的木桩，倒在地上一动不动。

高野通过他们形成的缺口冲出包围圈。

"嚯——"

先前传出声音的黑暗中，响起带着钦佩的赞叹。

"什么人？！"

人群中有一人喊道。

诡异而巨大的人影走出黑暗，来到灯光之下。

"路人一个。感觉这边气氛不太对，所以过来瞧瞧——"

语气满不在乎。

如小山一般的肉体闯入他们的视野。

来人正是九十九乱奘。

黑猫沙门坐在他的左肩上。一双眸子沐浴着灯光与苍蓝的月光，反射出妖诡的绿色。

惊愕与紧张的情绪在人群中蔓延。

而高野柔韧的身躯已向他们发起进攻，宛若黑豹。

那简直是单方面的杀戮。

一眨眼的工夫，剩下的四个人就被尽数撂倒。

刀刃甚至都没有擦到高野的西装。

"呃！"

高野拍打双手，用右脚鞋底碾压其中一个正在呻吟的人的脸，然后抬脚，往那张脸上啐了一口。

"得救了。"

他走向乱葵，第一次展露笑颜。呼吸纹丝不乱。那眼神仿佛刚做完有趣游戏的孩子。

那笑容无比动人，姑娘们见了定是毫无招架之力。

"我是不是多管闲事了？"乱葵打量着地上的人说道。

"怎么会呢，多亏你搭话，我才有了机会，不然怕是已经挂彩了。"

他没说"不然我就输了"。言外之意——也许我会受点伤，但我的胜利是毋庸置疑的。

话里透着强烈的自信，听起来也不像是虚张声势与自吹自擂。

高野细细打量着乱葵，说："不过话说回来，你的块头可真

ひょうし
鏢　师

大啊！"

"这不怪我，我也不恨爹妈就是了。"

"大块头往往心眼小，但你好像是个例外。"

高野用拳头轻叩乱奘厚实的胸膛。

看来他是那种从来不发怵的性子。

"打扰了。"乱奘生硬地说道，随后转过身去。

高野连忙叫住他："等等，我请你吃点什么吧，不然我心里过意不去。"

"不用了，其实我什么都没干，只是自说自话，跑出来露了个脸——"

乱奘回头望去，随即眯起眼睛。

"让开！"

他用粗壮的手臂将高野甩到一边。

锐利的金属光芒擦过闪去一旁的高野的脖子，朝乱奘胸口戳来，却停在了离胸口咫尺之遥的位置。

那是一把匕首。

而乱奘的右手牢牢地握住了匕首的刀把。

匕首是刚才被高野踩脸的男人扔的。

"混账！"

高野冲了过去。

"啊！"

那人满脸是血，匍匐着逃命。

高野对准他的臀部，一脚踹了上去。

那人惨叫不止，宛如即将被活活打死的猪，随即翻着白眼，晕厥过去。看来是疼极了。他的肛门一定被严重撕裂了。

只见他趴在地上，臀部漾出一摊红黑色的污渍。

"活该。"

高野骂了一句，迈着轻快的脚步走回乱奘身边。

"你好厉害啊！"

高野的声音里透着真诚的钦佩之意，他的脸上挂着爽朗的笑。

"无论如何都得请你喝一杯。"

他抓住乱奘手中匕首的刀刃，将它轻轻抽出来，向后扔去。

乱奘的厚唇扯出苦笑。

好霸道的家伙。

乱奘并不喜欢这种类型的人，但他就是让人讨厌不起来。

从他全身散发出来的与生俱来的精气——正是那份爽朗，让乱奘产生了那样的感觉。

"我叫高野丈二。叫我丈二就行。"

高野走在前头，仿佛乱奘已经答应了与他同行。

ひょうし
镖 师

3

乱癸被高野拽去了一家位于六本木的店。店名叫"石榴"。

他好像是常客,店里的陪酒小姐都亲昵地跟他打招呼。高野一边揩油,一边把乱癸领到最远处的卡座。

高野还没发话,一位小姐就端来了凉手巾和一瓶老伯威,随后又送来了杯子和冰块。

"九十九先生喜欢什么样的姑娘啊?"高野问乱癸。

"不用了,你想找,随你。我只想随便聊聊,让你过个瘾就走。"乱癸淡淡道。

牛仔裤配苔绿色T恤,T恤的布料被肌肉撑得鼓鼓的,仿佛有人胡乱塞了几块石头进去。

他壮实的左肩上蹲着猫又沙门。

"沙门"即佛教修行僧。它乍看与普通幼猫一般大,举止却是如假包换的成兽。皮毛纯黑如夜,有一双金绿色的眸子。

它在乱癸肩头睥睨众生,释放犀利的目光。

263

高大威猛的乱奘与他肩上的沙门吸引了店里所有人的注意力。

乱奘一坐下，便占了卡座的两个位置。桌下的空间几乎容不下他粗壮的双腿。

挤得像是坐在小学生座位上的大学生。

"不找个姑娘作陪？"

高野困惑地看着乱奘。

"嗯。"

"不会是好那口吧？"

"我可不搞同性恋。不过你要是愿意陪我玩玩，我倒也不是不能弯。"

"呵，我还真有点心动。不过你那家伙肯定很大，下头是会畅通不少，只怕我到时候会好一阵子不敢蹲厕所啊——"

高野给了端酒来的小姐一个颇有深意的眼神。

"讨厌，瞎说什么呢……"

涂了深红色唇彩的小姐似是听见了，笑得娇媚动人，捶了捶高野的肩膀。好一个眉眼分明的美女。

"能跟你聊聊那些招式是从哪儿学的，我就心满意足了。"

"这也没什么好聊的。"

"不勉强。"

乱奘对高野方才使用的脚下招式颇感兴趣。不同于空手道，也不同于中国武术，却非常实用。

他之所以跟高野过来,也是想借机打听打听。但正如乱奘所说,他无意勉强高野。

"行啊。聊这个的话,有姑娘在反而碍事,那我也不要了——"

高野对站在身旁的小姐说道:"听见了吧,真由美。今天就不用你陪了。"

小姐笑着点点头,摆了摆左手葱白的手指,转身离开。

片刻后,她端出一盘奢侈的烟熏三文鱼小菜。

"这是我自作主张让人准备的,有什么想吃的尽管点——"

她边说边往两个杯子里加冰,满上威士忌。

"刚才亚希子姐姐给你打过电话。"临走时,真由美回头对高野说道。

"亚希子啊——"

高野脸上闪过一丝烦躁。

"今晚不回去呀?"

"啰唆,少操这些闲心!"高野没好气地说道。

等真由美走远,高野拿起威士忌,一口气几乎喝下半杯。

微笑又回到了他的脸上。

看来他是那种手上总有一两笔桃花债的类型。

"那是泰拳的招式?"乱奘用粗壮的手指抓着杯子问道。

玻璃杯被他巨大的手掌完全包裹,几乎看不见了。

冰块相互碰撞,发出阵阵清脆的响声。

"嚯——"高野不禁赞叹,"你果然看得出来。"

"腿和膝盖的用法很独特。"

"毕竟被你瞧见了那招膝踢。"

"很精彩。"

乱奘呷了一口威士忌。

泰拳——在日本又称"踢拳道"或"泰式拳击",不过"ムエタイ(Muay Thai)"才是最正规的称法。准确地说,踢拳道是诞生于日本的格斗技,以泰拳、空手道和拳击为基础,其规则与泰拳略有不同。日本的踢拳道也存在各式各样的规则,有些组织甚至允许使用摔技。

打个比较极端的比方,将相扑称为"日式摔跤"肯定是不对的,所以把泰拳称为"泰式拳击"也不太对头。

泰拳是泰国的国技,与相扑一样历史悠久。泰国人看泰拳的目光也比看相扑的日本人更严肃、热情与露骨。

赛场的气氛更是独特。

放眼世界,泰拳比赛的氛围倒是与墨西哥摔角(Lucha Libre)有着异曲同工之妙。

乱奘不过旁观了几分钟,便一针见血地指出高野用的是泰拳的招数,而全然没有提及踢拳道、空手道或中国武术,这一点令高野颇感惊讶。

"膝踢"是一种使用膝盖发动攻击的招式。

"哪儿比得过你啊。"

高野用手指弹了弹杯子。

ひょうし
镖 师

"在哪儿学的？"乱葵问道。

"泰国。"

"嚯……"

"我是十七岁的时候从空手道改练踢拳道的，当年还是小鬼头一个。后来碰上了特别气人的事，就离开拳馆，去了泰国。"

"气人的事？"

"当时跟我们对打的大多是水平最次的泰拳选手，赢了也没什么意思，输了就更不甘心了。有几个选手还是从泰国来的留学生，打个几场权当兼职，实力却挺强。跟勤工俭学的学生打得不分上下多气人啊。于是我决定去瞧瞧真正的泰拳，一心只是想变得更强。毕竟我当年还是个很较真的人——"

"哦……"

"十八岁那年，我就去泰国参观拳馆了。不看不知道，一看吓一跳！连偏远乡村都有杂物棚子似的拳馆，还没上小学的孩子在里头练得像模像样——在那边，无论是在多么偏远的地方办的比赛，观众都会公开下赌，所以台上和台下的气氛才会那么热烈。只要拳打得好，再穷的人都能靠自己的一副身板挣大钱。孩子们的膝盖都因为练膝踢而变硬了，又黑又亮，看得我自愧不如。于是我一头栽进那边的拳馆，开始在日本和泰国之间来回奔波。在日本工作，攒下的钱用作在泰国的生活费。"

"打了几年?"

"前前后后大概五年吧,每年有三分之二的时间是在泰国度过的。我还在迦南隆泰拳馆[1]打过比赛呢!"

"厉害啊!"

"但打到第五年的时候,我在拳台上打死了人。我的手肘把对方的鼻子打得凹进去了,三天后,对方在医院里一命呜呼——"

高野将威士忌倒入空杯。

"然后,事情就往奇怪的方向发展了——"

"怎么说?"

"我开始去各地'巡演'了,跟当时认识的日本人搭班,去乡下踢馆,嚷嚷着'我是从日本来的空手道高手,跟我打一场,赢了就给你钱',一边喊,一边举着一沓崭新的美钞晃悠。人们一见到钱,基本都会上钩。就算不上钩,也有别的法子可想。而我的搭档就趁机开赌局。当然,乡下有时也有特别厉害的拳手。但笑到最后的当然是我。我说我是练空手道的,趁其不备,使出泰拳的招式,一锤定音。有时也会故意输几场,但想赢却输的情况是一次都没有过。一路上当然也遇到过不少危机。有人向我扔刀子,还有人冲进酒店袭击我。最安全的做法就是不在打比赛的地方过夜,毕竟人家搞

---

[1] 迦南隆泰拳馆(Rajadamnern Boxing Stadium)建于1945年,位于考山路附近,历史久远,有很多著名的泰国拳手与国际拳手在这里比赛。

ひょうし
镖 师

不好会在酒店的饭菜里下毒。这样的日子过了三年,坏事也学了个遍——"

就是这段惊心动魄的人生经历,剔除了高野脸上的最后一丝柔美。

"今天就说到这里吧。"

高野自嘲似的笑了笑。

他说自己当年曾在乡下"巡演",但干那一行少不了胆量和过硬的实力。

"知道刚才那群人是什么来头吗?"

"想找我麻烦的多了去了,鬼知道是哪一路的啊。"

高野嗤之以鼻。抬起头时,脸上却是笑意全无。

"亚希子——"他喃喃道。

高野的视线落在一个站着的女人身上。

身材苗条,个子不高。

她长得很美,二十三四岁,穿着优雅的连衣裙。

一双茶褐色的大眼睛看着高野,眼里写满焦虑,似乎是在担心高野。

这样的姑娘,不应该出现在这种地方。

"你来干什么?"高野厉声问道。

"丈二……"她——亚希子轻唤高野的名字。

"这不是你该来的地方。给我回去。"

但她愣是一动不动。

"啧。"

丈二咂嘴。

乱奘霍地起身。

"怎么了,九十九先生?"

"说好的,聊完就走。"

"等等,好玩的还在后头呢!"

高野站了起来。

"足够了。"

乱奘正要转身离开,却被高野的右手抓住了左手腕。

好大的握力。

换作常人,早就惊慌失措、哇哇乱叫了。

乱奘却泰然自若,回头望向高野的眼睛。

高野的眼睛散发着犀利灼人的光芒。

乱奘将自己的右手轻轻放在高野的右手上。乍一看,那只手仿佛一串香蕉。只见它缓缓掰开高野的右手,使他松开了自己的左手腕。

乱奘的厚唇勾起一个微笑。

"回见。"乱奘在对视中说道。

"越来越想找个机会跟你好好切磋一下了。"

"今天这杯就让你请了。"

乱奘转身走开。

当乱奘从面前经过时,那个女人——亚希子微微欠身,一

ひょうし
镖 师

脸惶恐。

乱奘的左手腕和高野的右手腕上，都有对方留下的青色指印。

暗狩之师

4

乱奘关了陆地巡洋舰的发动机。

一直发出野兽般低沉咆哮的发动机停止运转，寂静与黑暗迅速将乱奘笼罩。

晚上九点五十五分。

多摩川靠近东京一侧的河堤。

乱奘将车停稳，头朝上游。

两侧的门锁都开着，车门也打开了一条缝，以便从任意一侧车门迅速下车。

河在左手边。

涓涓水声从左手边的黑暗深处传来。

而在更远处的夜色中，电车的一束灯光缓缓移动。那是小田急线[1]的车辆。

---

[1] 小田急电铁，成立于1948年6月1日。在关东的新宿、箱根、江之岛、镰仓等地均有运营特快铁路。——编者注

ひょうし
镖 师

拂过水面的风拨动芒草，爬上河堤，自敞开的左窗灌进车里。好凉。

风中已无夏日的痕迹。

那是彻头彻尾的秋风。

无数的秋虫在草丛中啼啭。

离约定的时间还有几分钟。

乱粪想起家中被翻得一片狼藉的画面，简直惨不忍睹。

每个抽屉都被打开翻看过，各种小玩意倒了一地，连沙发和床垫的填充物都被掏了出来。

怎么看都不像寻常的入室盗窃。

他去川崎帮人驱除了附身的邪物。工作本身并不棘手，谁知回来一看，家里已经一塌糊涂了。

还有一封留给他的信，来自高野丈二。

上面写着："有事想当面谈，请务必前来。"

信的最后指定了见面的时间和地点，没给他拒绝的余地。

天知道是不是高野写的。

无论是否出自高野之手，乱粪至少可以大致确定——写信的人就是闯进他家的人。

那么，那个人乱翻一通的目的又是什么呢？

不难想象，他是来找东西的。

问题是——他要找什么呢？

他留下了信，可见他想要的东西并没有找到。怎么可能找到呢？乱桨什么都没藏过。

至少，没有主动藏过。

要么是对方弄错了，要么就是有人瞒着乱桨，偷偷在他家藏了东西。

什么东西？

如果乱桨足够幸运，要不了多久便会有答案。

——高野啊。

三天前的晚上，在"石榴"分别后，他就再也没见过高野。

高野知道乱桨的全名。

不费吹灰之力，就能通过黄页[1]查到乱桨的地址。

已经十点了。

肩头的沙门轻轻叫了一声。

后视镜照出在后方闪烁的车灯光芒。

灯光不断逼近。

刚好停在陆地巡洋舰后面。

开门的声音传来，有人站在了河堤上。

踩踏草地的脚步声慢慢靠近陆地巡洋舰的驾驶座。

"九十九先生是吧？"

来人是个鹅蛋脸的小年轻。

"对。"乱桨低声回答。

---

[1] 指刊载诸如工商企业、娱乐场所、社会保障系统等单位的电话号码簿。——编者注

ひょうし
镖 师

"不好意思，麻烦您大老远过来。"

"高野丈二呢？"

"他有事走不开，所以托我来要回寄放在您那儿的东西。"

"寄放在我这儿的东西？"

"对。高野说，您应该会随身带着。莫非是放在了别处……？"

"鬼知道。你所谓的'别处'，是指我家以外的地方？"

"……"

"少装蒜。你不会是觉得这样的谎话能蒙住我，才大摇大摆跑过来的吧？套话就免了，咱们打开天窗说亮话。"

话音刚落，对方便换上了轻浮的笑。

"嘿嘿——"

小年轻薄唇微张，笑了两声。

"你们在找什么？"

"高野寄放在你那儿的东西啊。"

语气陡变。

"我可没印象。"

"我也没指望你老老实实地交出来。"

那人迅速抬起右手，举到乱奘也能看到的位置。

手上握着枪。

"不许动，"他说道，"连人带车一起来。我们没检查过的只有你身上和车上了。下车！"

在他说完的那一刹那，乱奘一脚踹开车门。

暗狩之师

枪声在黑暗中响起。

那人一头撞上车门,仰面倒在草地上。

子弹严重打偏,被吸入河滩的黑暗。

他开不了第二枪了。

因为下了车的乱奘用配有 Vibram 鞋底的丹纳鞋结结实实地踩住了他的右手。

从乱奘肩头跳下的沙门在草地上发出阵阵低吼。

"多危险啊,嗯?"乱奘勾起嘴角豪放地笑道。

"手……手指会断的——"对方呻吟道。

"我刚才说一句'我会死的',你就会把枪放下了?"

正要弯腰收缴那人手里的枪,乱奘却感到脖子周边冒出一股骇人的冷气。

毒蛇即将对小动物发起攻击的时候,也会用同样的眼神盯着要下嘴的地方。乱奘只觉得片刻后,毒牙便会向他的脖子袭来。

乱奘的汗毛像带了静电似的竖了起来。

在感到冷气袭来的那一刻,他以踩住那人手腕的鞋底为支点,迅速掉转身体的方向。

那人发出可悲的惨叫声。

只见在稍稍偏离车灯光亮的地方,站着一个人。

他穿着黑色长裤和宽松的黑色衬衫。衬衫的颜色几乎融入夜幕。

他仿佛死透了的木乃伊,没有一点动静,也不知他在那里

ひょうし
镖 师

站了多久。

卷起的袖口下，露出的手臂瘦得出奇。

乱奘意识到，他身上的衬衫之所以显得宽松，是因为他瘦得可怕。

丝线般的细眼释放出冰冷的目光。薄唇紧闭，仿佛没在呼吸。

乍看就跟睡着了一样。

乱奘完全无法预测攻击会来自他身体的哪个部分，又以什么样的形式进行。

他体内好像有滚滚杀气，又好像没有。

他给人的印象是那样阴森诡谲，仿佛是从夜幕剪下的人形。

忽然，车灯熄灭了。

刹那间，那人的身影不见了。

再次出现时，已在头顶的星空之下。

他的身子翩然落下，好似没有重量的黑布。

乱奘猛地向后翻转。

冲去打开的车门之后。

黑衣人——斋站在乱奘方才站的位置，保持和之前一样的站姿，看着乱奘。

在朦胧的月光下，斋的身影如鬼似魅。

只见他轻轻抬起右手，指向刚关闭车灯的那辆车。

车内的灯下，一个女人仰着头，被一个男人从身后擒住。

男人手中的刀尖顶着女人白皙的喉咙。

"老实点！"那人喊道，"乖乖跟我们走，不然我就割断她的喉咙！"

女人竟是亚希子。

亚希子已是面如死灰。

5

煞风景的房间，四周尽是混凝土墙。

没有任何家具摆设。

乱癸被带进来的时候，角落里还躺着一个人，那人的双手被反绑在背后。

那人注意到乱癸他们，支起身子，盘腿坐在地上。

正是高野丈二。

高野脸上已是胡子拉碴。

傲人的高档西装沾满泥土。

整个人脏兮兮的，唯有精悍的脸庞原样未变。野兽般的眼睛闪着精光，瞪着进屋的那群男人。

斋、身着西装的中年男子和拿刀抵着亚希子喉咙的人一起走了进来。

还有两个拿枪的人守在门口。

沙门蹲在乱癸的左肩。

天知道这里是什么地方。

因为乱粪上车后被蒙住了眼睛,一睁眼便是这间屋子。他在车上待了近两个小时。

下车时,他闻到了落叶松的香味。

他没有机会用肉眼确认,但这个地方貌似在山里。他能感觉到车在高速公路上行驶了一段时间。提速后,开了好一阵子都没停下。下高速后,没过多久,车就开始上坡了。

"好久不见啊。"乱粪对高野说道。

"也就三天。"

"你对他们撒了什么谎?"

"我没撒谎啊。"高野厚着脸皮说道。

"你可没把东西寄放在我这儿。"

"不是在'石榴'交给你了吗——"

"交给我什么了?"

"装在信封里的胶卷底片啊。我不是还预付了你十万吗?作为托管一个月的酬金。"

高野往混凝土地面上吐了口唾沫。

"这下就有意思了,"穿着西装的中年男子说道,"这说明你们之中肯定有一个在撒谎。"

中年男子双手背在身后,走到高野面前,踩出"咯噔咯噔"的脚步声。

"该怎么撬开你们的嘴呢?要不把你们关一块儿,不打麻药,一颗一颗地拔牙——"他转过身来,回头看了看乱奘,"还是说,当着你们的面折磨那个女人,效果更立竿见影?要是削掉她的鼻子,那张脸会变成什么样子呢?我个人还挺感兴趣的。"

亚希子的肩瑟瑟发抖,与之相触的乱奘也能感觉到。

"你们抓她干什么?"高野问道。

"因为她直到不久前都跟你很要好啊。我们搜查了她家,顺道把人带了回来。"

"她跟这件事没关系。"

"有没有关系是我们说了算。不过……你大概也想早点摆脱她吧?玩腻了就换一个,人家这面子要往哪儿搁啊?"

亚希子的肩膀忽地一僵。

脸色都变了。

"呵呵……"中年男子冷冷一笑。"木岛,把我们查到的说给这个女人听听。"

他一边说,一边观察高野的表情。

"随你的便。"

高野把头一扭。

"嘿嘿……"

被中年男子唤作"木岛"的男人露出幸灾乐祸的奸笑。就是他拿刀抵着亚希子的喉咙。

"你知道吗?你的心上人在代代木一栋公寓的五楼租了一套房子,月租足足三十万呢!他在那儿养了另一个女人,每天晚

暗狩之师

上玩得那叫一个开心,用疼爱过你的那玩意使劲疼爱别人。那人在一家叫'石榴'的店上班,叫真由美——"

木岛将手插进亚希子的颔下,迫使她抬起一直低着的头。

亚希子脸色煞白,全无血色。

"看清楚了,那就是背叛你的男人——"

亚希子默默瞪着高野的脸。

中年男子与木岛饶有兴致地欣赏这一幕。

乱奘能感觉到,亚希子脑海中正上演着激烈的天人交战。

唯有斋面不改色。

高野仍带着不可一世的表情,扭着头接下亚希子的目光。

亚希子仿佛已无法忍受这种紧张,轻启朱唇:"我知道你们要找的东西在哪里。"

她的声音很低,而且干巴巴的。

"什么?"

"在我家的冰箱里。"她毅然决然道。

"我们搜过,没有啊。"木岛说道。

"冰箱里有冷冻肉扒。底片就藏在肉扒里……"

"真的?"中年男子问道。

亚希子不再言语,只是死死盯着高野的脸。

而高野仍然扭着头,一言不发。

ひょうし
镖 师

6

"我在泰国跟一个妓女好过——"

高野低声叙述起来。

声音在只有三个人的混凝土房间里悠然回荡。

亚希子低着头,坐在地上不吭声。

沙门睡在乱柴盘起的腿中,呼吸绵长。

"她不是那种日本游客花点小钱就能玩的女人,档次很高,是专门陪有钱人的高档妓女。她喜欢泰拳,经常来看比赛。看着看着,就爱上了一个叫高野丈二的奇怪拳手。一天,她跟我说了件有意思的事情。她说她有个客户是日本人,约莫四个月来找她一次。他的口味很不寻常,非得用绳子把她绑起来拳打脚踢,那玩意才硬得起来。而且他每次都会拍下女人被绑起来的模样,最后用定时自拍功能拍下自己跟女人的合照,拍拍屁股走人。大概是为了在日本冲洗出来回味回味吧。如果那个日本客户是个政客,而且是相当知名的保守党国会议员呢——"

高野停顿片刻，盯着乱奘。

"——妙就妙在，那并不是假设。我在她家翻看从游客那儿搞来的杂志时，她突然指着上面的一张照片说，那人就是她提过的日本客户。那是一张几位政客一起打高尔夫球的照片，其中之一就是妓女的客户。我让她瞧仔细了，她说错不了。也是，那可是一次次捆她上她的男人，怎么可能搞错。那个议员叫青田喜一郎——"

高野闭了嘴，似乎在观察乱奘听到这句话的反应。

青田喜一郎——保守党有几个派别，而他是最近势头正劲的一个派别的核心人物。

"还挺有意思。"乱奘用粗重的声音说道。

"我便想，一定要想办法把底片搞到手。毕竟拍摄的次数多了，我们知道相机和胶片的款式。而且因为海关管得严，他向来都是回国冲洗的——有这么多线索，调包底片就不是难事。我说动了那个妓女，让她等青田喜一郎下次来的时候动手。别提有多简单了。只要趁青田呼呼大睡的时候，把相机里卷好的胶卷换成没曝过光的就行了。就算青田回国后发现冲不出来，也不会起疑，只会觉得是自己装胶卷的时候没卡好，所以没卷上——"

"胶卷就成了你敲诈青田的筹码。"

"对，我敲了他一千万，但只交出了一半的底片。失策啊，就不该这么贪心的。"

ひょうし
镖　师

"你打算讹他一辈子？"

"不，我就打算再要个两三笔，然后就只留一张保命，剩下的都给他。"

"结果青田决定把人和胶卷通通消灭干净？"

"大概吧。他还特地从中国台湾请了个不太寻常的人过来。"

"那个穿黑衣服的？"

"嗯，他叫斋文樵。菊地是这么称呼他的。"

"菊地？"

"就是那个穿西装的中年人，跟青田走得很近的黑帮干部。"

"为什么骗他们说底片在我这儿？"

"为了争取时间。找不到底片，我就没有性命之忧。我是想尽量争取时间，找机会逃跑。没想到你这么容易就被他们抓了回来。"

"抱歉——"

乱奘苦笑。

"也不知道那个叫斋的家伙是什么来头。我被抓来这儿都是他害的。他趁我被面前的木岛分散了注意力，悄悄溜到我身后，给这儿来了一下，"高野拍了拍后脑勺，"我睁眼的时候，已经在这间屋子里了。那杀千刀的斋当着菊地和青田的面，弄死了在泰国和我搭档的沼田。瞧见那片污渍没有？他们说，那就是沼田的血……"

"……"

"我要跟斋干一架。我得给你们一个交代,给沼田、你和那边的亚希子一个交代。底片一到手,他们绝对会杀我们灭口。我负责对付斋,给你制造机会。你想办法带着亚希子一起逃。我也没多少把握,但只要能搞定那玩意,就有一线生机。"

高野指着天花板上挂着的灯泡。手腕上仍有绳索留下的红印。

"我们想到一块儿了。"

乱桬咧嘴一笑。

"要是能和斋对上,我就找机会把它砸了。你要是发现了可乘之机,随时都能动手。"

听到这里,一直低着头不吭声的亚希子低声抽泣起来。

"丈二……"

亚希子抬头望向高野,满脸是泪。

ひょうし
镖 师

7

门开了。五个男人走了进来。拿枪的两个人带头,后面跟着斋、木岛和菊地。

"找到了,"菊地用右手的食指和拇指夹着一卷底片,轻轻一摆,"我让东京的人马去她家搜了搜,很快就找到了。他们开车送了过来。总算是完事了。"

菊地将胶卷塞进西装胸前的口袋。

"还没完,"高野慢慢起身,"你要我死,我没有二话。但得让我先和那个斋干一架——"

"嚯——"

"沼田是死在他手上的吧?"

"给朋友报仇?三流拳手和镖师之间的比试,我还真想看看。不过,不知道斋会不会点头——"

菊地瞥了一眼斋。

"是……工作……吗?"

斋如此反问，口音极重。

"我自掏腰包给你发奖金好了。沼田那次的两倍，怎么样？"

听到菊地这话，斋向前一步，轻轻打开双腿。

"这才对嘛。"高野咧嘴笑道。

菊地和木岛退到房间的角落。

乱奘扶着亚希子起身，注意力集中于枪口，同时挪到靠近房门的墙边，用眼睛缓缓打量着谁站在哪里，谁拿着枪，以及离门有多远。

高野缓缓脱下西装。

狰狞如野兽的精气在眼中熊熊燃烧。

而站在对面的斋仿佛一团透明的空气，与之形成鲜明的对比。

"嘿，真是热血沸腾，浑身发颤。可惜没人拿这场胜负赌钱——"

高野折起肘部，攥紧拳头，开始轻轻跳动。

"锣声呢？开枪！"高野吼道。

许是被高野的气势震住了，其中一人对天花板开了一枪。

高野应声而动，仿佛刚摆脱锁链的野豹。他使出直截了当的攻击，丝毫没有故弄玄虚。

鞭子般柔韧的右腿在空中划出一道干净的弧线，攻向斋的太阳穴。

斋则向后一闪。

高野的右脚脚尖高速掠过他的鼻尖，发出刮擦声。在脚接触到地面的一刹那，高野的左腿向后射出，紧追斋后退的脸。斋进一步后退闪避。高野转体一周，右腿再次像鞭子一样高高抬起。

高野的攻击堪称艺术。在一道道迷人的弧光之中，高野的腿一次次抬起。动作的速度不断加快。

饶是乱葵，也从未见过动作如此犀利的泰拳手。

高野露出欢喜的表情。

然而，他的每一波攻击都被斋完美避开。

在斋的背部接触到混凝土墙的刹那，高野突然在他正下方抬起右腿。

高野是刻意让斋习惯来自侧面的攻击，然后出其不意。

眼看着高野的右腿要粉碎斋的下巴了。突然，斋的身体沿墙壁腾空而起，动作比猴子还要轻盈。

只见斋双手搭着天花板，双腿踩住片刻前背对着的墙壁，整个人紧紧贴在天花板和墙壁之间的直角空间内。

高野向后轻跳一步。

斋则从天花板和墙壁的夹角中一跃而出，仿佛是在追赶高野一般。

而高野的右腿以雷霆之势射向斋。

随着一记闷声，高野的腿陷入斋的身体。

斋向侧面飞去，狠狠撞上混凝土地面。

高野本该紧追不舍，却没有动。原因很快便浮出了水面——高野的右腿膝盖以下变得绵软无力了。

在被高野踢中的一刹那，斋叩击了他的膝盖。

此时此刻，高野定是感觉到了排山倒海的剧痛，但他脸上竟挂着得意的笑。

斋忽地起身。

一道血丝挂在斋毫无波动的唇边。

高野用左腿移动至房间中央，即灯泡的正下方。

而斋以蜘蛛般的速度逼近高野。

就在高野企图以左腿起跳时，斋的右腿自他身下蹿起，攻向他的面部。

高野双手交叉，试图在下巴下方格挡。

但他的双臂并未感觉到冲击。因为斋的右腿已经停在了半路。

高野的两侧太阳穴没有任何防护。斋的双手自左右两侧攻了过去。

只见斋的双掌轻轻夹住高野的头。

瞪着上方灯泡的高野浑身一缩。

咻——

伴随一声轻响，高野的鼻孔喷出鲜血。

斋一松手，高野的双耳也开始淌血了。脸颊呈现出诡异的肿胀。紧闭的嘴唇如被撕裂般张开,鲜血喷涌而出,砸向斋的面部。

高野瞪着灯泡的双眼溢出血泪。

亚希子的惨叫和高野以左脚起跳几乎发生在同一时刻。

说时迟,那时快,浓重的黑暗笼罩了整个房间。

乱奘没有耽搁。

枪响。

肉体碰撞的闷声。

女人的惨叫。

男人的怒吼。

呻吟——

暗狩之师

8

乱奘抱着亚希子在昏暗的杂树林中飞奔。

巨大的身体柔韧似猫,在奔跑中撕裂了凝重的冷空气。速度如此之快,难以想象他怀里还抱着一个人。

怀中的亚希子早已哭成泪人。

她呜咽着,唤着高野的名字。

东方的天空微微泛白。

但光线尚未透进这片森林。

乱奘的双脚被夜露打湿,直到膝盖。

牛仔裤的面料吸了水,分外沉重。

他将气凝于身后,而非前方。

有人在追。

而且,他在准确地拉近与乱奘的距离。

——斋文樵。

追来的肯定是他。

ひょうし
镖 师

没有多少人能在这片黑暗的森林中疾驰，同时缩短与乱奘的距离。

——镖师啊。

乱奘在心里嘀咕。

镖师是中国的叫法，日语叫"用心棒"。中文里还有"保镖""镖客"之类的叫法。

十有八九是青田或菊地从中国台湾请来的。

他会使用不可思议的发劲之法。

双掌同时发劲，摧毁夹在中间的物品。

——双劲啊。

乱奘琢磨着。

他在中国台湾时，倒是听说过几回。

发劲——指引体内的气以方向，配合身体的动作，瞬间释放。

仅仅学习"发劲"，就需要漫长的岁月。

而斋会用双劲，绝非泛泛之辈。

那卷底片装在乱奘的裤子后袋里。

那是逃离那间屋子的时候，连同口袋的布料从菊地胸口揪下来的。

只要能设法逃脱，有的是法子与青田谈判。前提是他们能甩掉身后步步紧逼的斋。

乱奘发现，斋已在不知不觉中将双方的距离缩短了一半。

显而易见，他们迟早会被追上。

抱着亚希子继续跑，在被追上的时候与斋对决——这种情况对他十分不利，毕竟他会在奔跑期间消耗大量的体力。

乱奘迅速打定主意。

他停下来，把亚希子放在草地上。

将左肩的沙门塞进亚希子怀里，然后盘腿坐下。

他已无暇运行小周天之法。

只能争分夺秒静坐调息。

他闭上眼睛。

深吸清晨凉爽的空气，再缓缓呼出。

他感觉到某个幽鬼般的东西步步紧逼。

连踩踏草地的脚步声都清晰地传入耳中。

脚步声愈发响亮。

然后停止。

乱奘抬眼望去，只见斋立于森林底部的朦胧黑雾之中，仿佛他也是黑暗的一部分。

丝线般的细眼锁定乱奘。

面无表情。

宛若一尊石像，感觉不到一丝活物的气息。

森林渐亮。

乱奘缓缓起身，好似从沉睡中苏醒的灰熊。

高野口喷鲜血却用尽最后的力量砸碎灯泡的景象浮现在

ひょうし
镖　师

眼前。

"——我得给你们一个交代。"

高野的话语在耳边回响。

乱奘眯起的眼睛陡然睁开。

"来吧，第二回合——"

他猛勾嘴角，露出猛兽似的牙齿。

"混账！"乱奘吼道，"别想故技重演。你要是没法一击毙命，我就会在你逃跑之前，用拳头打断你的脊梁骨！"

乱奘慢慢拉近双方的距离，站在斋的面前。

双腿微微向两侧打开，双臂和斋一样垂在身侧。

任意一方稍向前动，就会进入对方的攻击范围。反之，一旦试图逃跑，就会立即遭到对方的攻击。双方的距离就是如此一触即发。

"随时都行，你先来。"

说着，乱奘收起气场。

斋面不改色。

甚至不知道他有没有听到乱奘所说的话。但这份担忧很快便从屏息凝神的乱奘心中消失了。

他就像一团透明的力，杵在原地。

斋也纹丝不动。

片刻后，第一缕阳光染红了树梢。

光缓缓洒落在森林底部。

微风渐起。

然而，乱奘和斋都一动不动。

风撩拨着他们脚下的小草和头顶的树梢。

那是不折不扣的秋风。

两人静止不动，宛若亡者。

当阳光透过树丛落在乱奘的头部，使斋处于逆光状态时，平衡终于被打破了。

斋先发制人。

他一声不响，双掌却自两侧风驰电掣般攻向乱奘的头部。

啪！

击掌声传来。

然而，斋的双掌没能击中乱奘的头，而是对上了乱奘的双掌。

乱奘将粗壮的手臂交叉于颔下，用张开的右手背压着左颊，张开的左手背顶住右脸颊。

所以斋的手掌击中的正是乱奘朝外的手掌。

乱奘以朝外释放的双劲，接下了斋朝内施加的双劲。

"呵……"乱奘咧嘴一笑。

——喝！

猛烈的呼气自乱奘口中迸发。

只见乱奘的右膝将斋瘦长的身子狠狠向上顶起。好一招干净利落的膝踢。

斋以身体弯折的状态被活活掀飞，仰面落在潮湿的草地上，

ひょうし
镖　师

动弹不得。

半张脸埋在草丛中，仍是表情全无。

疲劳感如排山倒海般笼罩乱奘的全身。

他这辈子从未如此疲惫过。

真想死死睡上一觉。

他向亚希子轻轻挥了挥手，往身后的草坪一躺。

凉丝丝的，倒是舒服。

Yamigarishi, 1
Copyright © 1984 by Baku Yumemakura
First published in Japan in 1984 by Tokuma Shoten Publishing Co., Ltd., Tokyo
Simplified Chinese translation rights arranged with Baku Yumemakura
through Japan Foreign-Rights Centre/Bardon Chinese Creative Agency Limited

©中南博集天卷文化传媒有限公司。本书版权受法律保护。未经权利人许可，任何人不得以任何方式使用本书包括正文、插图、封面、版式等任何部分内容，违者将受到法律制裁。

著作权合同登记号：图字 18-2022-166

图书在版编目（CIP）数据

暗狩之师：兰陵王/（日）梦枕貘著；曹逸冰译
.--长沙：湖南文艺出版社，2023.1
ISBN 978-7-5726-0893-3

Ⅰ.①暗… Ⅱ.①梦…②曹… Ⅲ.①短篇小说－小说集－日本－现代 Ⅳ.① I313.45

中国版本图书馆 CIP 数据核字（2022）第 194087 号

上架建议：日本文学·奇幻小说

ANSHOU ZHI SHI：LANLINGWANG
暗狩之师：兰陵王

著　　者：[日] 梦枕貘
译　　者：曹逸冰
出 版 人：陈新文
责任编辑：匡杨乐
监　　制：毛闽峰
策划编辑：陈　鹏
特约编辑：高晓菲
版权支持：金　哲
营销编辑：刘　珣　焦亚楠
封面设计：所以设计馆
版式设计：梁秋晨
出　　版：湖南文艺出版社
　　　　　（长沙市雨花区东二环一段 508 号　邮编：410014）
网　　址：www.hnwy.net
印　　刷：三河市兴博印务有限公司
经　　销：新华书店
开　　本：855mm×1180mm　1/32
字　　数：195 千字
印　　张：9.5
版　　次：2023 年 1 月第 1 版
印　　次：2023 年 1 月第 1 次印刷
书　　号：ISBN 978-7-5726-0893-3
定　　价：55.00 元

若有质量问题，请致电质量监督电话：010-59096394
团购电话：010-59320018